死神放長假

喬賽・薩拉馬戈
JOSÉ SARAMAGO

AS INTERMITÊNCIAS DA MORTE

呂玉嬋──譯

CONTENTS

獻給琵拉，我的歸宿

我們會越來越不明白什麼是做人。

——《預言書》(*Book of Predictions*)

例如，你想更深入地思考死亡，在這個過程中，要是沒有邂逅新的意象，巧遇新的語言領域，那就真的是怪了。

——維根斯坦

第二天，沒有人死。這件事實在是違反了生命定律，攪得人心惴惴不安，這樣的焦慮在這種情形下也無可非議，只消想想，在整整四十卷的世界史中，不曾提到這種現象發生過，就連一個例子也找不到，一整日過去，足足二十四小時的寬裕時間，從白晝到黑夜，從日出到日落，抱病而終的，失足墜亡的，如願自縊的，沒有，一個都沒有。節日裡往往車禍頻傳，總有人漫不經心，無責任感，或是飲酒過度，在路上爭先恐後，看誰頭一個死，但這次居然連一起車禍死亡也沒有。新年前夜過去了，沒有像往常一樣留下一串滅頂之災，就好像齜牙咧嘴的老阿特羅波斯[1]，決定把她的大剪刀擱置一天。不過，血倒是沒少流。消防員惶

1　阿特羅波斯（Atropos），古希羅神話裡面的命運三女神之一，負責剪斷生命之線，常被刻畫成一個拿著大剪刀的老婦人。

惑不安，心煩意亂，強忍著噁心，從面目全非的殘骸拖出血肉模糊的人體，根據碰撞的數學邏輯，他們該是死定了，可是，即使是七損八傷，他們仍舊還有一口氣在，在救護車刺耳的警報聲中送進了醫院。沒有一個死在送醫途中，所有人都將推翻最悲觀的醫療預測，這個可憐人沒救了，不用動手術，動了也只是浪費時間，外科醫師原本是這麼對替他調整口罩的護士說的。如果意外發生在前一日，這個病人也許是沒得救了，但有一件事很清楚，今天，遇難者不肯死。這裡發生的事情，在全國各地都發生了。直到舊年最後一天的午夜，仍然有人願意死去，老老實實遵守終止生命這個關鍵問題的規則，以不同程度的華麗和莊嚴，紀念這致命的時刻。有一樁例子特別有趣，有趣之處在於主角，主角乃是德高望重的太后。在十二月三十一日二十三點五十九分，沒有人會天真到為這位皇家老夫人的性命賭上一根燒過的火柴棒。希望殆盡，在無情的醫學鐵證面前，醫師束手無策，皇室成員按照位階環立床畔，無奈地等待著這位大家長嚥下最後一口氣，也許還有幾句遺訓，勸勉親愛的王子王孫修德養心，也許給日後健忘的臣民一句漂亮的妙語。然後，時間彷彿停止，什麼也沒有發生。太后的病情沒有好轉，也沒有惡化，她暫停在那裡，孱弱的身體在生命邊緣徘徊，隨時都有可能翻到另一側，卻又被一根纖細的線綁在這一側，死神，只能是死神，出於某種奇怪的任性，繼續拉著這根細線。我們已經跨入了第二天，在這一天，正如故事開頭所說，沒有人死。

時近傍晚，謠言開始傳開了，從新年開始，更準確地說，是從一月一日零時起，全國沒有一例死亡紀錄。你可能暗地推想，比方說，謠言源於太后出人意料地拒絕放棄她僅剩的一點生命，但宮廷新聞辦公室向媒體發布的常規醫療公報說明，不，其實是暗示，因為措辭一字不苟，公報暗示這位皇家患者的病情一夜之間出現顯著的好轉跡象，甚至指出太后殿下可能徹底康復。第一個版本的謠言很自然可能是從殯儀館流出來的，看來沒有人想在新年的第一天死去，或者來自醫院，二十七號床那個傢伙要活還是要死，自己好像下不了決定，或者出自交通警察部門的發言人，知道嗎，說起來真是古怪，路上頻頻發生事故，卻沒有一例死亡能讓我們可以拿出來警告其他人。謠言的原始起源不得而知，不過與後來發生的事情相比，起源顯得無足輕重，但謠言還是很快傳到了報社、廣播電臺和電視臺，立即讓導演、副導演和主編們豎起耳朵，因為這幫人不只有本領老遠就嗅出世界歷史的重大事件，也訓練有素，懂得適時誇大其辭。不消幾分鐘，路上冒出幾十名調查記者，隨便逮到個路人甲路人乙就詢問一番，在雞飛狗跳的編輯部，一排排的電話也在相同的查案熱潮中震動個不停。他們打電話給醫院、紅十字會、太平間、葬儀社、警局，沒錯，通通都打了，但祕密情報部門除外，原因可以理解，但他們的答覆都簡潔扼要，如出一轍，沒有人死。有個年輕的電視女記者比較走運，採訪到一名路人，他不停來回瞟著她和攝影機，嘴裡述說的親身經驗恰好與太后的情況雷同，他說，半夜十二點，教堂的鐘聲響起，就在最後一聲鐘響前，眼看就要不行的爺爺突然睜開了眼，好像改變了心意，不走這一步了，竟然沒死。女記者一聽，興奮極了，無視他的哀求和反對，不行，小姐，我得去藥房，爺爺還等著吃藥呢，她一把將他推進採訪車，跟我來，你爺爺不再需要吃什麼藥了，她高聲說，並吩咐司機火速開去電視臺攝影棚，而在那一刻，攝影棚也正忙著安排一場辯論，來賓是三個超自然現象專家，即兩名備受推崇的巫師、一名著名的千里眼，他們被匆匆找來發表意見，分析某些愛開玩笑的人，也就是百無禁忌的那種人，開始稱為死神罷工的那件事。然而，這位大膽的女記者陷入最嚴重的幻想之中，認為這個受訪民眾的意思是，垂死老人其實是改變心意，沒有邁出本來要走的那一步，也就是去死、斷氣、翹辮子，反而決定回頭。但那個快樂的孫子說的是，他好像改變了心意，與他改變心意這句直白的話截然不同。如果有基本的語法知識，對時態的彈性微妙之處更加熟悉，就能防止這個錯誤，也可以避免這個可憐的姑娘隨後被頂頭上司罵得又羞又窘，滿臉通紅。他們，無論是這位受訪民眾還是女記者，都沒有想到，他在攝影棚現場重複這段話，這段話在當晚新聞報導再以錄音的形式播送，聽到的數百萬觀眾以同樣錯誤的方式解讀，立即導致一個令人不安的後果，那就是出現一群人，他們堅信只要運用意志力，他們也能戰勝死神，過去這麼多人枉死，原因只有一個，那就是前幾代人意志薄弱，實在可悲。但是事態並未就此打住。既然人無須做出什麼明顯的努力，也能照樣不死，一個被賦予了更宏大之未來願景的大眾運動宣布，人類自古以來最偉大的夢想，長生不死逍遙人世，已經成為人人都能享有的禮物，如同日日高升的太陽和我們呼吸的空氣一樣。這兩起運動互相競爭，可以說是想要爭取同一幫選民，但有一點他們達成了共識，就是提名這位勇敢的老兵為名譽主席，因為他是傑出的先驅者，因為他在最後一刻戰勝了死神。就大家所知，沒有人會特別在意一個事實，老爺爺陷於深度昏迷狀態，從各種指標來看，沒有挽回的可能。

要形容這些非同尋常的事件，危機一詞顯然並非最為貼切，在一個因沒有死神而享有特權的生存狀況下談論危機，很荒謬，不倫不類，也侮辱了最基本的邏輯，我們可以理解，何以若干強調自己有了解真相之權利的公民會問自己，問彼此，政府究竟怎麼了，迄今還沒有顯示出任何生命跡象。在兩場會議之間的短暫空檔，衛生部長被問及了此事，的確向記者解釋說，鑒於他們目前掌握訊息不足，做任何判斷，發布任何官方聲明，必然都為時過早，他也補充說，我們正在整理來自全國各地的數據，確實沒有任何死亡報告，但是，不難想像，這件事的發展，我們和大家一樣感到驚訝，尚未準備好對這現象的起因、其當前和長遠的影響提出初步的推測。他大可到此為止，既然目前形勢艱難，能回答成這樣就謝天謝地了，但是，眾所皆知，凡是人都有一種衝動，希望別人對任何事情保持冷靜，不管發生什麼，都靜靜留在羊圈中，在政客之中，尤其是政府官員，這種傾向就算稱不上是自發行為或機械動作，也可以說是第二天性了，害得衛生部長以最糟糕的方式結束了談話，身為衛生事務部門的負責人，我可以向所有聽眾保證，絕無值得恐慌的理由；如果我對你適才的話沒有理解錯誤，一位記者盡量不讓語氣顯得過於諷刺，在你看來，沒有人死的事實絲毫不值得恐慌；正是，確切來說，我不是這麼說，但是，沒錯，我基本上就是這個意思；請容許我提醒你，部長，昨天還有人死去，而沒有人認為那值得恐慌；當然，死亡是正常的，只有當死亡人數成倍增加，比如發生戰爭或瘟疫，那才值得恐慌；也就是偏離了常態時；可以這麼說；但是，在目前的情況下，顯然沒有人會死，而你卻呼籲我們不要恐慌，這樣的呼籲至少是有點自相矛盾，部長，你同意嗎；這只是習慣使然，我承認我不應該說恐慌，這個詞不適用於當前的情況；那麼，部長，你認為該換成什麼詞呢，我這麼問是因為我期許自己做一個有良知的記者，所以用詞總是力求精準。記者糾纏不休，部長有些不高興了，突然回答道，我不會用一個詞，我要用九個字；部長，哪九個字；切勿助長錯誤的希望。這無疑給翌日報紙提供了一個坦率的好標題，但主編跟編輯主任商量後認為不妥，從商業角度來看，不該往當前高漲的熱情潑上一桶冰水；就用以往的標題，新年新生活，他說。

夜裡晚些時候，官方公報發布了，總理證實，自新年伊始，全國各地無一死亡紀錄，他呼籲，在評估解讀此一奇特狀況時，要節制，要有責任感，他也提醒民眾，不應排除這只是僥倖的假設，宇宙偶然發生了一次反常的改變，這個改變不可能持久，也許什麼特殊巧合，打破了時空平衡，但為了以防萬一，政府已經與相關國際組織開始會談探討，以使政府在必要之時能採取有效協調行動。這一番偽科學的空話，說得令人費解，而就是要令人費解，才能平息全國上下的騷動，總理最後表示，政府已就人類所能設想到的一切後果做足準備，死神徹底消失，必然引發複雜的社會、經濟、政治和道德問題，在全國民眾的大力支持下，政府決心勇於面對。我們接受肉體不死的挑戰，他慷慨激昂地高呼，如果上帝的意旨如此，我們永遠在祈禱中感謝上帝，感謝上帝選擇這個國家的良善人民作為祂的工具。總理讀完公報後心想，這也就是說絞索確實套在了我們的脖子上。他沒有想到絞索最後會套得多麼緊。不到半個小時，總理坐在送他返家的公務車上，接到紅衣主教的電話，晚安，總理；晚安，主教大人；總理，我打電話是要告訴你，我深感震驚；哦，我也是，主教大人，情況非常嚴重，是我國歷史上不得不面對的最嚴重情況；我說的不是這個；那你說的是什麼，主教大人；非常遺憾，你草擬我剛剛聽到的公報時，竟然忘了我們神聖宗教的根基、主梁、基石、拱頂石；原諒我，主教大人，但我恐怕不大明白你的意思；沒有死亡，總理，沒有死亡，就沒有復活，沒有復活，就沒有教會；見鬼；抱歉，我沒聽清楚你說什麼，能重複一遍嗎；我沒說話，主教大人，可能是大氣電荷或靜電造成線路上的干擾，甚至可能是接收問題，衛星有時會中斷，主教大人，你剛才說到哪了；我是說，每一個天主教徒，包括你在內，都必須知道，沒有復活，就沒有教會，除此之外，你腦子怎麼會有上帝自我滅亡的想法，這絕對是瀆神，可能是最嚴重的瀆神；主教大人，我並沒有說上帝自我滅亡；你的確沒有這麼說，但你承認肉體不死可能是上帝的意旨，不用拿到先驗邏輯學的博士學位，也知道這指的是同一件事；主教大人，相信我，我這麼說只是為了效果，給人留下印象，讓演講有個漂亮的結尾，僅此而已，你也明白，這種話術在政治上多麼重要；這種話術在教會也同樣重要，總理，但我們開口前會動一動腦筋，我們不能只是為了說話而說話，我們會計算長遠的後果，事實上，我們的專業，如果你希望我給你一個比喻的話，我們的專業是彈道學；我非常愧歉，主教大人；如果換作是我，也會有同感。紅衣主教停頓了一下，彷彿在估計手榴彈落地的時間，然後換了一個更溫和更誠懇的語調繼續說，我想知道，你向媒體宣讀公報之前，是否請國王陛下先過目；那是當然，主教大人，公報需要字斟句酌，這件事同樣也得小心處理；我能知道國王陛下說了什麼，當然，如果不是國家機密；他覺得不錯；讀完後，陛下有什麼評論嗎；好極了；什麼好極了；陛下就是這麼說的，好極了；你是說他也瀆神了；主教大人，此事我無權推斷，接受自己的錯誤已經夠難了；我得和陛下談談，提醒他，在這樣混亂而微妙的情況下，唯有忠誠不渝堅定不移遵守我們神聖母會已獲驗證的教義，才能解救我國於即將降臨的可怕混亂；主教大人，這是你的職責所在；是的，我還要問問陛下，他傾向哪種情況，是眼睜睜看著太后永遠一息尚存，永遠臥病不起，世俗的肉體無恥地牽絆著靈魂，還是情願看到她的駕崩，在天國永恆的光輝中戰勝死神；任何人都會毫不猶豫給出答案；這可未必，不過，與你所想剛好相反，總理，比起答案，我更在乎問題，注意到沒有，我們的問題都有一個明顯的目標與一個隱藏的意圖，當我們提出問題，不只是要對方回答，在回答的那一刻，我們需要他聽到自己親口說出答案，這也是在為日後的答案鋪路；有點像政治，主教大人；沒錯，但教會的優勢是，管了上面的，也就可以管到下面的，雖然這看起來似乎不太可能。又是一陣停頓，然後總理打破沉默，我快到家了，主教大人，如果可以的話，我有一個問題想問你；請說；如果永遠沒有人死，教會將怎麼辦；即使是在與死神打交道時，永遠也是個太長的時間，總理；我覺得你還沒有回答我的問題，主教大人；讓我把問題還給你，如果永遠沒有人死，國家將怎麼辦；國家會盡力生存下去，雖然我很懷疑能否成功，但是教會；總理，教會已經太習慣於永恆的答案，我無法想像它會給出其他答案；即使與現實相悖；我們從一開始就與現實相悖，但我們仍在這裡；教皇會怎麼說；如果我是教皇，上帝原諒我荒唐的虛榮心，居然有這樣的幻想，如果我是教皇，我會立即公布新的理論，就是死神會晚點到；沒有進一步的解釋嗎；教會從來沒有被要求解釋任何事情，我們的專長，連同彈道學，一直是藉由信仰來安撫過度好奇的心靈；晚安了，主教大人，明天見；上帝保佑，總理，上帝保佑；鑒於眼下情況，祂也沒有什麼選擇；別忘了，總理，在我們國境之外，人照常死去，這是一個好跡象；好壞取決於觀點，主教大人，也許他們把我們看成一片綠洲，一座花園，一處新天堂。或者新地獄，如果他們有頭腦的話；晚安，主教大人，祝你睡得安穩，養足精神；晚安，總理，如果死神決定今晚回來，希望她不會想到要去拜訪你；如果正義不只是一句空話，那麼太后應該走在我的前面；好吧，我保證，明天不會向國王陛下告發你；你人真好，主教大人；晚安；晚安。

凌晨三點，紅衣主教急性闌尾炎發作，必須立即手術，被緊急送往了醫院。手術前，被吸入麻醉隧道完全失去意識前的一瞬間，如同許多人一樣，他想到自己可能會死在手術檯上，隨後又記起這是不可能的了，在最後的清醒時刻，他腦中又閃過一個念頭，不管怎樣，要是他確實死了，那可就矛盾了，那代表他戰勝了死神。一股難以抗拒的犧牲欲望湧上心頭，他正要祈求上帝殺死自己，時間卻不容他遣詞造句了。麻藥讓他免於犯下最嚴重的瀆神之罪，因為他想把死神的力量轉移給一個以賦予生命著稱的神祇。

之前提到的新年新生活標題，立即遭到競爭同行的嘲笑，諸家報社設法借鑒主撰稿人的靈感，寫出豐富精彩的標題，有的誇張，有的抒情，有的充滿哲思或語帶神祕，還有的天真得令人感動，比如某份通俗報紙，對自己的標題沾沾自喜，我們將會如何呢，還用了一個浮誇的問號來結束這個標題，新年新生活一標題，雖然俗不可耐，的確引起一些人的共鳴，或者出於天性，或者出於後天教養，這些人更喜歡或多或少務實的樂觀主義所帶來的踏實感，即使他們有理由懷疑，這不過是一種徒勞的幻想。在這段迷惘的日子之前，他們活在所能想像中最好的世界裡，如今他們欣然發現，最好的世界，絕對是最好的世界，已經展開了，而且就在這裡，就在他們的家門口，這是多麼獨特奇妙的生活，不再天天害怕命運女神嘎吱作響的剪刀，在這片孕育我們生命的土地上長生不死，人人都能自由擺脫形上學的尷尬，沒有在死期要開啟的封令，在這個名為塵世的淚谷的十字路口，封令宣布親愛的夥伴被迫分道揚鑣，你上天堂，你進煉獄，你下地獄。正因如此，更為謹慎或者更為細心的報紙，以及英雄所見略同的廣播電臺和電視臺，全別無選擇，只能加入集體歡慶的浪潮，這浪潮席捲了全國，從北到南，從東到西，恐懼的心靈煥然一新，把死神長長的陰影從視野中驅走。日子一天天過去，悲觀或心存懷疑的人發現還是無人死亡時，他們開始投奔如海的民眾，起初只是零星幾人，後來成群結隊，抓住一切機會，上街大聲歡呼，沒錯，人生是美麗的。

一名新喪偶的女士，想到自己如果不死，就再也見不到她追悼不已的丈夫，難免有些微的悲痛，但內心仍舊洋溢著新鮮的喜悅，不知如何表達，有一天，她想出了在她餐廳的花壇陽臺上懸掛國旗的點子。俗話說，說到就做到。不到四十八小時，全國各地掀起懸掛國旗的熱潮，國旗的顏色和標誌占據了景觀，當然，在城市中這種情況更為明顯，城市的陽臺窗戶比鄉村的要多。這股愛國熱情無法抵擋，特別是當某些令人擔憂，甚至可以算是帶有威脅的言論開始傳播時，無人知道這些言論來自何處，例如，誰家裡的窗戶不掛出我們國家不朽的國旗，誰就不配活著；不掛國旗，就把自己出賣給死神；加入我們，做一個愛國者，買一面國旗；再買一面；再買一面；打倒生命的敵人，他們該慶幸沒有了死神。大街小巷簡直在舉辦旗幟飛舞節，旗幟迎風招展，倘若沒有風吹，那麼一個精心放置的電風扇也能吹起旗面，如果電風扇功率不足，無法讓國旗威風凜凜，讓劈啪作響的旗聲鼓舞我們的尚武精神，起碼也能確保愛國的色彩光榮地起伏飄盪。少數人私下嘀嘀咕咕，說這太過頭了，胡鬧，那麼多的國旗早晚要撤下，越早越好，因為如同太多的糖會破壞味蕾，妨礙消化，我們對國家象徵應該保有正常適當的尊重，如果任由它墮落成這一連串對謙遜的侮辱，就像那些無人哀悼的風衣暴露狂一樣，這份敬意會淪為笑柄。此外，他們還說，如果掛國旗是慶祝死神不再來討命，那我們應該在兩件事中擇其一，要麼在我們對國家象徵生厭之前撤下它，要麼就是餘生，也就是永恆，沒錯，永恆，只要國旗在雨中腐爛，被風撕成碎片，讓太陽曬得褪色的時候，就得換上一幅新的。極少人有勇氣公然指出這個問題，就有一個可憐人，為了他的不愛國衝動發言付出代價，挨了一頓痛揍，若非死神從新年伊始就在這個國家收工停業，他會當場結束其悲慘的一生。

然而，世上沒有十全十美的事，總是幾家歡樂幾家愁，有時就如同現況，原因也是相同的。幾個重要行業甚是關切現狀，開始向政府表達他們的不滿。可以想見，第一波正式投訴來自於殯葬業。這些業者被粗暴地剝奪了原料，一上來就做出經典的動作，雙手抱頭，齊聲哭喪，我們這下子要怎麼辦才好啊，不過話又說回來，既然眼下面臨的是殯葬業無人能夠逃脫的業績暴跌災難，他們召開大會，經過幾番激烈討論，結束時仍舊沒有討論出什麼結果來，因為他們對死亡習以為常，世代以此為業，彷彿死亡是他們天經地義的稅款，孰料死神現在拒絕合作，面對這道堅不可破的牆，所有人都只能碰壁而返，末了，他們同意呈遞一份陳情書以供政府酌參，報告採納了辯論中唯一提出的建設性建議，確實極有建設性，但也好笑極了，工會理事長發出警語，別人會笑話我們，但我承認，我們沒有別的出路，要不這樣做，要不就是殯葬業的末日。陳情書說明，在一次特別召開的大會上，他們檢視了該國由於無人死亡而正在經歷的重大危機，激烈公開的辯論秉持國家最高利益至上之原則，葬儀社代表最後達成了共識，這無疑是建國以來降臨在我們頭上最嚴重的集體災難，但這場災難仍舊有機會避免，避免之道是，建議政府強制規定，所有自然或意外死亡的家畜都必須土葬或火化，此類土葬或火化須符合規範，取得核可，由殯葬業者承辦，別忘了，本行業世世代代服務公眾，表現可圈可點。文中繼續寫道，特請政府注意以下事實，沒有可觀的財務投資，本行業無法實現此一重大變革，因為把一隻貓、一隻金絲雀，甚至是一頭馬戲團大象，或者飼養在浴缸的鱷魚送至其最後安息地，畢竟與安葬人類是不同的，因為我們需要徹底改造傳統技術，寵物喪葬自獲官方批准以來，雖不可否認利潤可觀，但素來是本行業的邊緣業務，然而自開辦以來所累積之經驗，必能為此次變革提供寶貴幫助，換言之，將成為本行業唯一的業務，如此一來，我們得以盡可能避免解雇數以百計、甚至數以千計無私無畏的員工，在工作生涯的每一天，他們都勇於面對死神恐怖的臉孔，而今死神背棄了他們，這是多麼不公平；所以，總理，為了給這個千百年來被歸類為公共事業的一行提供應有保護，我們請求你不只考慮做出有利的緊急決策，同時也考慮提供一系列補貼貸款或其他補助，此舉可謂錦上添花，或者我該說是棺上鑲銅，為彰顯基本公允，起碼也應發放無息貸款，以助一個其生存在史上首次受到威脅之行業迅速振興，事實上，早在歷史開始很久以前，甚至史前時代亦是如此，雖然大地慷慨，敞開懷抱接納逝者，屍首或遲或早都需要他人收斂入土。敬請批准我們的請求，讓本行業得以維持。

不消多久，公私立醫院的院長和管理者也爭相來敲打衛生部長和其他相關公家機構的門，表達他們的擔憂與焦慮，說來奇怪，這些擔憂的重點不是健康問題，而是後勤。他們報告說，病人入院後，不是病癒，就是病死，現在這個常規流程短路了，如果我們可以這麼說的話，或者不要那麼文謅謅，就說是塞車好了，因為越來越多病人出院之日遙遙無期，但他們都已病入膏肓，或者因事故而回天乏術，按照正常情況，應該已經進入來生。他們說，事態嚴重，我們本來就會把病人安置在走廊上，但現在這種情況比過去更頻繁，種種跡象顯示，用不了一週，我們要解決的不只有床位不足的問題，因為每一條走廊，每一間病房，都已經滿了，空間有限，調動不易，我們將不得不面對一個事實，即使有空床，也不知道可以往哪裡塞。醫院的負責人最後說，解決辦法是有一個，但那確實有些違背希波克拉底誓言，而且，能夠實施的話，此一決策非關醫療，非關行政，而是一個政治決定。聰明人一點就通，衛生部長與總理商議後，批核以下的緊急公文，目前各家醫院無可避免人滿為患，對我國醫療系統素來的優良服務品質產生嚴重不利影響，直接原因在於，越來越多生命處於停滯狀態的病患入院，至少在醫學研究達到它自訂的新目標之前，這一類患者康復無望，遑論漸有起色，住院時間於是無限延長，有鑒於此，政府建議醫院董事會及管理部門逐案嚴格分析此類病患臨床情況，一旦確定病情無好轉之可能，便應將患者轉交家屬照顧，讓各醫院得以善盡職責，診治家庭醫師判斷有必要或建議救治之病人。政府這個決定是基於一個人人都能理解的假設，一個處於這種狀態的病人，也就是始終處於死亡邊緣卻始終死不成的病人，在清醒的片刻壓根不在乎自己身於何處，無論是在親愛家人的懷抱中，還是在擁擠的病房中，他都死不了，也無法恢復健康。藉此機會，政府也想告知民眾，政府正在全速展開調查，死神失蹤的原因至今撲朔迷離，我們希望並相信，調查會找出令人滿意的答案。我們也想告訴民眾，一個龐大的跨學科委員會已經成立，其中包括來自各宗教的代表，來自各思想流派的哲學家，對於此類事件，這群人一向不乏見解，委員會被委以棘手的任務，思考沒有死亡的未來會是什麼樣，同時合理預測社會必須面對的新難題，有人可能會用一個殘酷的問題來總結委員會的討論原則，如果沒有死神來阻斷老人坐享龜年鶴壽的春秋大夢，我們要拿這些老人怎麼辦。

不久，安養院之類的機構也來了，如同早他們一步的醫院和葬儀社，以頭撞牆，哭天喊地，安養院收容白叟黃鬚，設立宗旨是為了讓他們的家庭安心，這些家屬既無時間亦無耐心擦鼻涕，照顧疲憊的括約肌，半夜起床送便盆。該伸張正義的地方，就該伸張正義，我們應該承認，他們面臨著是否繼續接收住民的兩難困境，這個問題對人力資源管理者高瞻遠矚的規劃能力與公平的願望都是挑戰。最主要的原因在於，結果都是一樣的，而這也正是真正兩難境地的特徵。不管是打靜脈注射的，還是綁紫緞帶花圈的，跟這群鬧哄哄的人一樣，安養院至今習慣了生死不可阻擋的持續輪替，有人來，有人走，這給他們一種腳踏實地的感覺，安養院的員工不願去想像，在未來的工作中，照護對象從面貌到身體都絲毫不變，只是隨著日子一天天過去，他們也變得更加可憐，更加殘弱，更加衣冠不整，令人看了傷心，臉上皺紋一道道增加，好像一顆乾癟的葡萄乾，四肢越發顫抖遲鈍，如同一艘徒勞尋找落水羅盤的船。在這些安養院，新人入住向來是歡慶的動機，這代表有一個新的名字要記在腦海中，他們會從外面世界帶來特殊習慣，他們獨有的怪癖，例如，有一個退休的公務員，每天都要刷一刷牙刷，因為他無法容忍在刷毛中看到一丁點殘餘的牙膏，又比如有一位老太太，她繪製家譜樹時，總是搞不清楚哪根樹枝該填上哪個名字。頭幾週，新來的老先生老太太是新人，在生活慣例讓每個住民得到相同的關注前，他們都是小老弟小老妹，而這會是他們人生中最後一次當新人，即使人生將如同永恆一般漫長，永恆，就像人們所說的太陽，照耀著這片幸運土地上的所有人，照耀著我們這些天天目睹太陽西沉卻依然活著的人，儘管沒有人知道如何活或者為何活。然而，現在新來的住民除非是來填補空缺，增加機構收入，否則他的命運也已經事先知道了，我們不會看到他離開這裡，像美好的老時光那樣回家或在醫院嚥氣，其他住民則匆匆忙忙鎖上房門，以免死神進入，把他們也帶走，不，我們知道，那是永不復返的過去才有的事，但政府中總要有人考慮我們的命運，我們，我們這些安養院的所有者、管理者和受雇者，我們的命運是，到了幹不動的那一天，沒有人會收養我們，在安養院工作了那麼多年，從某個角度來說，那裡也算是我們的，但我們卻不是那裡的主人，請注意，現在輪到員工講話了，我們想要說的是，安養院沒有我們這種人的空間，除非我們趕走一些住民，在關於醫院人滿為患的討論後，政府已經想到了這個主意，他們說，家庭應該重新擔起責任，但要能擔起責任，家庭中必須至少有一個成員有足夠的智力和充分的體力，然而，無論是根據自身經驗還是人間見聞，我們都知道，這些稟賦也有保存期限，與這剛剛開始的永生相比，這個期限短如一聲輕嘆，總而言之，除非有人能想出更好的辦法，否則補救措施只有一個，就是增建安養院，但不是像目前這樣，利用風光不再的樓房莊園，應該從零開始建造宏偉新建築，如巴別塔或克諾索斯迷宮般的五角大廈，先是連成街區，然後組成城市，接著擴張成大都會，說得更殘忍一些，就是一座接著一座的活人墓，按照上帝的旨意，照顧活不成、好不了又死不得的老年人，因為人生沒有盡頭，誰也不知要熬到何年何月，我們自認有責任呼籲政府相關部門注意問題的關鍵，隨著時間流逝，不只會有越來越多的老人住進安養院，還需要越來越多的人照顧他們，結果就是，人口金字塔迅速顛倒，頂端是數量龐大且持續增加的老年人群，如蟒蛇般吞噬著年輕世代，年輕世代大多在安養院工作，擔任護理或行政人員，用去了大半輩子的光陰，照顧各個年齡層的老年人，無論是一般老人還是胡耇人瑞，父母、祖父母、曾祖父母、曾曾祖父母、曾曾曾祖父母等等，實繁有徒，永世無窮，然後輪到這個世代堆到上層，一個接著一個，如同樹上落下的葉子落在去年秋天的葉子上，*mais où sont les neiges d'antan*（去年白雪今昔何在[2]），一代又一代，一個又一個，加入髮禿齒豁耳背目昏的浩浩大軍，患了疝氣風寒，髖部骨折，下肢癱瘓，現在不死的老年病患甚至無力阻止口水從下巴淌下，可敬的政府官員，你們可能不願意相信我們，但這樣的未來也許是人類可能遇到最糟糕的噩夢，在漆黑的洞穴中，即使所有人都在恐懼，都在顫抖，這樣的噩

2 法國中世紀詩人維永（François Villon, 1431-1463）著名詩句。

夢也不會出現，說這話的是我們這些見證第一所安養院創辦的人，在那段日子，確實什麼規模都不大，但我們的想像力還有用武之地，說實話，總理，我們要由衷地說，我們寧願死，也不要這樣的命運。

一個可怕的威脅正在危及我們行業的生存，保險公司工會理事長如此告知媒體，他提到成千上萬的來信湧入辦公室，措辭或多或少如出一轍，彷彿照著同一底稿抄寫，全要求立刻取消信末簽字者的人壽保險保單。這些來信說，眾所周知，死神已經自我了斷，繼續支付高昂的保險費且不說荒謬，根本就是愚蠢，只會使保險公司更加富有，他們卻不會收到任何平衡開銷的補償。一位格外不滿的保戶在信末加了一句，我可不會把鈔票撒入下水道。一些人更過分，居然要求退還已支付保費，不過他們顯然只是亂試一通，瞎碰運氣。記者免不了提出一個問題，保險公司打算如何抵禦這突如其來的猛烈砲火，工會理事長回答道，他們的法律顧問此刻正在仔細研究保單條款細則，希望找出可供他們發揮的解釋漏洞，當然，前提是嚴格遵守法律條文，允許他們強制這些離經叛道的保戶，即使有違他們的意願，只要他們還活著，就有義務繼續支付保費，也就是說，直到永遠，更可行的方案是達成某種形式的共識，算是君子協定，保單增加一個簡短的附約，一方面著眼於調整現狀，另一方面著眼於未來，將八十歲定為法定死亡年齡，當然，這純粹只是比喻，理事長很快加了一句，並露出一個和藹的微笑。如此一來，保險公司可以照舊繼續收取保費，直到快樂的保戶過完八十歲大壽，屆時，根據虛擬的意義，他已經去世，他將立刻收到保單上明訂的全額保險額。他還應該補充一點，這一點同樣重要，如果保戶願意，可以續簽下一個八十年的保單，最重要的是，當保單到期後，還能登記第二次死亡，重複先前的程序，週而復始。記者中，善於精算的人發出欽佩的低語，甚至短暫的掌聲，理事長微微頷首，表示感謝。就戰略戰術來說，此舉堪稱完美，翌日起，大量信件又湧入保險公司，宣布之前來信無效。所有保戶都說，他們願意接受擬議的君子協定，事實上，你可以毫不誇張地說，這是一個非常罕見的局面，人人有得無失。特別是保險公司，他們僥倖逃過了一劫。工會理事長這個職位做得實在是有聲有色，據推測在下屆選舉中必定連任。

關於跨學科委員會的第一次會議，什麼都能說，就是不能說進行順利。咎過，如果這樣一個沉重的字眼可以用在這裡，要算在安養院呈交給政府的那份驚心動魄的陳情書上，特別是結尾的威嚇之詞，總理，我們寧願死，也不要這樣的命運。哲學家一如既往分為皺眉的悲觀主義者和含笑的樂觀主義者，準備第一千次就杯子半滿亦或半空的古老問題重啟辯論，這場爭論轉移到他們被召來討論的問題上，可能會歸結成給死亡或永生的利弊做個簡單的盤點，各大宗教代表從一開始就結為統一戰線，希望將辯論建立在他們唯一在乎的辯證領域，也就是明確承認死亡是上帝國度存在之基礎，因此，關於沒有死亡之未來的討論，不只是瀆神，而且荒謬至極，因為這樣的討論無可避免要預設上帝不存在，或者消失了。這並非新穎觀點，關於這個神學版本的化圓為方，紅衣主教早已指出其中涵義，與總理通電話時，雖然語焉不詳，他承認，沒有死亡，就沒有復活，沒有復活，教會也就沒有了存在的意義。那好，既然教會顯然是上帝唯一的農具，在地上翻耕出引往天國的道路，那麼顯而易見無可辯駁的結論就是，整個神聖的故事不可避免走進了死胡同，畫下句點。這一激烈的論點出自最年長的悲觀哲學家之口，他沒有就此打住，還繼續往下說，不管我們喜歡與否，所有宗教存在的唯一理由就是死亡，它們需要死亡，就像人需要吃麵包。宗教代表連出聲抗議都懶。正相反，在他們之中，天主教部門一位德高望重的成員說，你說得很對，我親愛的哲學家，當然，這就是我們存在的原因，所以人終其一生都在恐懼中度過，當他們的時候到來時，他們歡迎死神，將死亡當作解脫；你是指天堂；天堂或地獄，或是什麼都不是，死後發生的事對我們的影響，遠沒有一般人認為的那麼重要，先生，宗教是世俗的事，與天堂無關；我們通常聽到的不是這種說法；我們得有個說詞來招攬顧客；所以你們其實也不相信永生；我們假裝相信。一時間沒有人說話。最年長的悲觀主義哲學家露出一個挖苦的笑容，那神情就像剛剛看到一項艱難的實驗成功了。一位樂觀派的哲學家說，那麼，你們為什麼對死亡已經結束的事實如此驚慌呢；我們不知道死亡結束，我們只知道暫時沒有人死亡，兩者不一樣；我同意，但只要這個疑問懸而未決，我就會重申我的問題；因為如果死不了，那麼人做什麼都百無禁忌了；這有什麼不好嗎，老哲人問；百無禁忌和事事禁忌同樣不好。又一陣沉默。圍坐一桌的這八個人，被要求思考一個沒有死亡的未來的後果，根據現有資訊，合理推測社會將不得不面對的新問題，當然，除了必將惡化的既有老問題除外。問題是，未來已經到來了，一位悲觀主義者說，不說別的，來自安養院、醫院、葬儀社和保險公司的聲明已經擺在我們面前了，除了在任何情況都能想出牟利之道的保險公司以外，我們必須承認，這些單位組織的前景不只黯然，簡直是面臨一場可怕的浩劫，比最瘋狂的想像力所能想到的任何事都要凶險得多；我無意諷刺，在當前情勢下，諷刺未免太過分，新教圈子一個同樣備受尊敬的成員說，但我認為這個委員會已經胎死腹中了；安養院說得對，寧願死，也不要這樣的命運，天主教發言人說；那麼你建議我們怎麼辦，最年長的悲觀主義者問道，看來你是想立刻解散委員會，除此之外，還有別的辦法嗎；我們天主教使徒羅馬教會將組織一場全國的祈禱運動，請求上帝儘快讓死神歸來，從最可怕的恐怖中拯救出可憐的人類來；一個樂觀派問，上帝管得了死神嗎；祂們是同一枚硬幣的兩面，一面國王，一面王冠；既然如此，也許是上帝命令死神撤離；有朝一日我們會知道祂給予我們這場考驗的用意，在此之前，我們只能使用我們的念珠；我們也是這麼做，我是說，我們也會祈禱，當然，不用念珠，新教徒微笑著說；我們會在全國各地組織遊行，呼籲死神歸來，就像我們過去*ad petendam pluviam*，也就是求雨，天主教徒自己翻譯；我們不會做到那個地步，這樣的遊行向來也不是我們的傳統，新教徒再次微笑著說；那麼我們呢，一位樂觀派哲學家問道，那語氣似乎要宣布他即將加入悲觀派的陣營，我們現在該怎麼辦，看來我們是一籌莫展；首先，最年長的哲學家回答道，我們暫時休會吧；然後呢；我們繼續進行哲學思考，我們生來就是做這個的，即使我們需要進行哲學思考的只有虛無；為了什麼；為了什麼我也不知道；那又為什麼呢；因為哲學與宗教一樣需要死亡，我們探究哲學，目的是為了知道人終有一死，蒙田先生說過，探究哲學，即學會如何去死。

即使不是哲學家，至少就一般意義而言不算是哲學家的人，也有一些通曉了此道。矛盾的是，他們自己沒有學會如何去死，因為他們的時候還沒有到來，他們藉由協助死神，減輕他人死亡的痛苦。你很快就會看到，他們所使用的方法展示人類無窮無盡的創造力。離鄰國邊境幾哩遠的一個小村莊，有一戶貧苦的鄉下人，由於罪孽深重，他們處於生命停滯狀態的親人，或者套用他們喜歡的說法，處於死亡暫停狀態的親人，不是一個，而是兩個。一個是老派的祖父，病痛把這位健壯的大家長折磨得只剩下一抹影子，只是還沒有完全奪走他說話的能力。另一個是只有幾個月大的嬰兒，他們來不及教他說生或死，真正的死神也不肯現身。一老一小半死不活，鄉下醫師每週來看他們一次，他說，要救命要害命，他都無能為力，縱使給他們各打一劑溫和的致命藥，也無濟於事，不久前，這還是能夠解決這類問題的極端辦法。現在頂多把他們推向死神可能所在的地方，但毫無意義，終究徒勞，因為在同一時間，死神會後退一步，保持距離，如同以往一樣遙不可及。這家人去尋求神父的幫助，神父聽了，抬起眼睛望向天空說，我們都在上帝的手中，祂神聖慈悲無窮無盡。好吧，或許無窮無盡，但不足以幫助這可憐的小孩，在這個世界上，他還沒有做過任何的錯事。事情就是如此，沒有前進的道路，沒有解決問題的辦法，也沒有找到解決辦法的希望，這時老人開口了，來人啊；想喝水嗎，一個女兒問；不要水，我要死；爸爸，醫師說了，這是不可能的，記著了，再也沒有人會死了；醫師不知道他在說什麼，打從有這個世界以來，人總有死的時辰和地方；已經沒有了；有；爸爸，別激動，你會燒得更厲害；我沒燒，就算燒也無所謂，仔細聽我說；好好，我聽著；靠近點，免得我說破喉嚨；說吧。老人在女兒耳邊低聲說了幾句。女兒搖了搖頭，但他一再堅持。但那解決不了任何問題，爸爸，她結結巴巴地說，嚇得臉色蒼白；可以；萬一不行呢；試試也沒什麼損失；如果不行呢；很簡單，你把我帶回家就好；那孩子呢；孩子也去，如果我留在那裡，他就跟著我留下。女兒想了想，臉龐明顯露出矛盾的情緒，然後她問，為什麼我們不能把你們帶回來埋在這裡；你可以想像那個情景，在一個求死不得的國家，竟然死了兩個人，你要怎麼解釋，再說，考慮到現在的情況，我懷疑死神肯讓我們回來；這太瘋狂了，爸爸；也許吧，但我看也沒有什麼別的法子了；我們要你活著，不想你死；但活也不是活得像我現在這樣子，一個死了的活人，一個活著的死人；如果這是你的意思，我們就照你說的做吧；親親爸爸。女兒吻了他的額頭，流著淚離開了房間。她把父親的計畫告知其他的家人時仍舊淚流不止，原來父親要他們當天晚上把他抬過邊境，他認為死神仍在那頭履行職責，死神別無選擇，只能接受他。聽了這個決定後，這一家人又自豪又無奈，自豪，因為一個老人自願將自己獻給難以捉摸的死神，那是多麼難能可貴，無奈，因為他們無論如何都沒有任何損失，他們又能如何，人是無法對抗命運的。有人說，人的一生不可能擁有一切，這位有骨氣的老人走後，只會留下一個貧窮而誠實的家庭，他們一定會永遠懷念他。這一戶人家不只有哭著走出房間的女兒，在這個世界上還沒有做過任何錯事的孩子，還有另一個女兒及她的丈夫，他們生了三個孩子，很幸運，孩子都健健康康，此外還有一個早過了婚嫁年齡的未婚姑母。另一個女婿，也就是哭著走出房間的女兒的丈夫，為了討生活，離鄉背井，住在遠方，明天將得知他失去唯一的孩子與他敬愛的岳父。這就是人生，它一隻手給了你什麼，改天又用另一隻手奪走。我們非常清楚，這一家鄉下人八成再也不會在後面故事出現了，他們的親屬關係無關宏旨，無關痛癢，但即使從純粹敘事技巧和角度來看，用兩行筆墨輕描淡述他們，似乎也不應該，在這個關於死神和她真真假假的故事中，這群人是最具戲劇性事件中的主角。所以，留著他們吧。那位未出嫁的姑母提出一個疑問，她問，鄰居發現這兩個過不了鬼門關的人不見了，會怎麼說呢。這位未出嫁的姑母平日說話沒有這麼矯揉造作迂迴婉轉，此刻這麼說話，只是唯恐自己淚水潰堤，她若是說出那個在這個世界上還沒有做過錯事的孩子的名字，說出哥哥兩個字，肯定要泣如雨下。三個孩子的父親說，我們就原原本本告訴他們吧，有什麼後果，就什麼後果吧，我們可能被指控偷偷下葬，亂葬，沒有正式登記，葬在他國還要罪加一等；好吧，但願不會為此引發一場戰爭，姑母說。

臨近半夜，他們動身前往邊境。彷彿懷疑什麼詭異的事即將發生，全村的人竟然都比平日晚些時候上床。好不容易，街道陷入寂靜，家家戶戶的燈光也逐一熄滅。首先，把騾子套上車，接著一個女婿和兩個女兒費了好大的勁把老祖父抬下樓，他虛弱地問，鐵鍬鋤頭帶了嗎，眾人安撫他，帶了帶了，你放心吧，然後做母親的上樓，把孩子抱入懷中說，永別了，孩子，我再也見不到你了，但這非事實，因為她也會隨著姐姐姐夫同車而去，接下來的任務至少需要三個人合力才能完成。未出嫁的姑母不想與永不歸來的旅人道別，把自己和侄孫們關在臥室裡。在崎嶇不平的路面上，車輪金屬邊緣會發出巨響，可能把好奇的鄉親引到窗前，看看他們的鄰居這種時候要上哪裡去，所以他們走泥巴路兜了一圈，出了村子才走上大路。邊境並不遠，但有一個麻煩，大路通不到那裡，他們得在某處離開大路，沿著幾乎快比騾車還窄的小徑走，最後一段還得靠兩條腿，設法抬著老祖父穿過灌木叢。幸虧女婿對那一帶瞭若指掌，因為他除了打獵時會在這幾條徑奔走，偶爾幹業餘走私也會利用這幾條路。走了將近兩個鐘頭，他們終於走到必須棄車從步的地點，這時，女婿想出了把老祖父放在騾背上的點子，他認為這畜生的四蹄夠穩健。他們解開騾子的韁繩，卸下多餘的套具，吃力地想把老人抬上騾背。兩個女人家哭了，哦，我可憐的爸爸，哦，我可憐的爸爸，這一哭，她們僅存的棉薄之力也沒了。可憐的老人意識恍惚，宛如已然跨過死神的第一道門檻。抬不上去，女婿絕望地喊道，突然又想到一個法子，就是他自己先騎到騾背上，再把老人拉上去，沒法子了，只好我抱著他騎騾子，你們在下面幫忙扶著。嬰兒的母親走到騾車旁，看看毯子是否還蓋好，她不想讓這個可憐的小東西著涼，然後又回去幫助她的姐姐，一二三，他們齊聲喊，但沒有用，老人的身體沉得像鉛一樣，只能勉強抬離地面半吋。接下來，一件不尋常的事發生，太奧妙了，只能說是奇蹟。有那麼一瞬間，萬有引力定律彷彿暫停，或者開始反轉，向下的引力變成了向上的引力，老祖父輕輕脫離了女兒們的手，自己浮起來，升到女婿張開的雙臂中。自夜幕降臨以來，天空始終烏雲密布，一副風雨欲來的樣子，此刻卻乍然放晴，月亮也露臉了。我們可以走了，女婿說，又告訴妻子說，騾子你來牽。嬰兒的母親微微掀起毯子，瞧瞧兒子的情況。他緊閉的眼皮如兩塊蒼白的汙斑，臉蛋模模糊糊。她一聲尖叫，刺破四周的空氣，嚇得巢穴中的動物也瑟瑟顫抖，不，把我的孩子帶去另一個世界，這事我做不到，我把他帶來這個世界，不是為了把他交給死神，你們帶著爸爸去吧，我留在這裡。她的姐姐走過來問道，你願意看著他年復一年都是氣息奄奄的樣子嗎；你說得倒簡單，你有三個健康的孩子；但我拿你的兒子當自己的一樣；真是如此，你抱他去吧，因為我做不到；不該我來，那等於殺了他；有什麼區別呢；送人去死和殺人不一樣，我不是孩子的媽，你才是；你能送自己的一個孩子或所有孩子去死嗎；我想可以，但不敢發誓做得到；所以我說得沒錯；如果你要這樣，那就留在這裡等我們吧，我們帶爸爸去。姐姐走向騾子，拉起韁繩說，走了嗎；丈夫回答，走吧，但得慢些，免得他滑下去。圓月閃著皎潔的光。往前走就是邊境了，那條線只有在地圖上才看得見。我們怎麼知道到了沒，妻子問；爸爸知道。她聽明白了，不再多問。他們往前又走了一百碼，又走了十步，男人突然說，已經到了；好了嗎。好了。他們身後一個聲音重複，好了。嬰兒的母親用左手最後一次摟著夭折的兒子，右肩扛著另外兩人忘了帶的鏟子鋤頭。姐夫說，我們再往前走一點，走到那棵白蠟樹。站在山丘上，他們隱約見到了遠方一個小村子的燈火。根據騾子走路的樣子，他們判斷這裡的土質鬆軟，挖起來容易。這地方看起來不錯，男人說，我們以後來獻花祭拜時，就拿這棵樹當標誌。嬰兒的母親放下鏟子鋤頭，輕輕把兒子放在地上。兩姐妹小心翼翼接過父親的屍體，生怕滑落了，男人從騾子上下來，但她們沒等他的幫忙，就把屍體放在他孫子的旁邊。嬰兒的母親泣不成聲，一遍遍地喊著，兒子啊，爸爸啊；她的姐姐過來擁抱她，哭著說，這樣比較好，這樣比較好，這兩個可憐人之前的日子不是人過的。姐妹倆雙雙跪到地上，哀悼兩個到這裡欺騙死神的死者。男人拿起鋤頭幹活了，接著換用鐵鍬鏟起鬆動的泥土，然後又繼續挖啊挖。越往下挖，土就越硬越堅實，石頭也更多，挖了半個小時，才挖得一個夠深的墓。沒有棺材，沒有壽衣，屍體只穿著原本的衣物，躺在光禿禿的地上。男人跳進墳坑，兩個女人站在上面，三人聯手，設法把老人家的屍體緩緩放進坑裡，女人抓著他伸出的手臂，男人由下托著，直到屍體碰到坑底。女人眼淚沒停過，男人眼睛是乾的，但渾身發抖，好像發燒了。更心碎的還在後頭。大人抽抽噎噎，把嬰兒也放下去，安置在爺爺身邊，但看上去不大對勁，他尚在繈褓，沒有分量的小，放在一邊好像不屬於這個家庭。男人於是彎下身體抱起孩子，讓他趴靠在爺爺的胸膛，拉起爺爺的手臂抱住這個小小的身軀，這下他們舒服了，可以安息了，開始用土蓋上吧，但小心，一點一點來，這樣他們還能跟我們道個別，我們也聽聽他們在說什麼，永別了，女兒們，永別了，女婿，永別了，姨媽姨父，永別了，媽媽。坑填滿了，男人站上去把土踩平，免得路過的人察覺這裡埋了人。他在墓頭擺了一塊石頭，在墓腳放了一塊小的，用鋤頭將先前清除的雜草撒在墓上，草枯萎了，乾癟了，死了，逐漸回歸它們的誕生地，再度進入食物循環，不消多日，鮮活的植物就會取代了它們。男人邁開步子，測量樹與墓之間的距離，十二步，然後把鐵鍬鋤頭扛上肩，說，走吧。月亮消失了，天空再度烏雲密布。他們才把騾子套上馬車，雨就下了起來。

如果可以這麼說的話，到目前為止，這個故事更傾向於提供好奇讀者事實的全貌，因此，當戲劇性事件的主角意外登場時，被描述得鉅細靡遺，並歸類為社會中的貧農階層。這個錯誤是敘事者根據充其量不過是膚淺評估而做出的毛躁判斷，出於對事實的尊重，應該立即予以糾正。一戶貧窮的鄉下人家庭，如果確實貧窮，那是不可能擁有推車，也養不起一頭像騾子那樣大胃口的畜牲。其實，這家人有田有產，在他們生活的樸實環境算是相當富裕，所受的教育讓他們不只語法正確，談話內容也不乏有人稱為內容的東西，也有人稱之要旨，有人也許更粗俗，說那叫講話有料，總之缺乏一個更貼切的形容。若非如此，未出嫁的姑母永遠不可能說出我們品評過的佳句，鄰居發現這兩個過不了鬼門關的人不見了，會怎麼說呢。我們趕快補上這個遺漏，讓真相回到應有的位置，接著就來聽聽鄰居們是怎麼說的。這一家人採取了所有的預防措施，但還是有人看到騾車，不明白這三人怎麼三更半夜還出門。

那個機警的鄰居正是這麼問自己，這三人三更半夜要去哪裡呢，次日一早，他對老農夫的女婿重複了這個問題，只是稍作修改，你們三人三更半夜去了哪裡呢。女婿回答說出門辦事去了，可鄰居不信，他說，半夜去辦事，不只趕車，還帶著你的妻子和小姨子，有點怪，不是嗎；可能吧，但就是去辦事；那麼，天快亮時，你們是從哪裡回來；不關你的事吧；你說得對，對不起，確實不關我的事，但我想你不介意我問一句，你的泰山大人怎樣了；老樣子；你的小外甥呢；也是老樣子；噢，希望他們早日康復；謝謝；再見；再見。鄰居準備走了，卻停下腳步，轉過身來，我好像看到你車裡載著什麼，我好像看到你小姨子抱著個孩子，如果是這樣的話，那個蓋著毯子的人很可能是你的泰山大人吧，還有啊；還有，還有什麼；還有啊，你回來時，車子是空的，你小姨子懷裡也沒了孩子；看樣子你昨晚沒怎麼睡；我睡得淺，容易醒；我們出門時，你醒來，我們回來時，你又醒來，這就是人家說的巧合；沒錯；你想要我告訴你怎麼回事；你願意的話；跟我來吧。他們走進家門，鄰居問候三個女人，希望沒打擾到你們，他尷尬地說，然後等著。你是第一個知道的，女婿說，也不用保守祕密了，因為我們不求你保守；謝謝，告訴我你想告訴我的就行了；我岳父和我外甥昨晚死了，我們帶他們跨過邊境，死神還在那裡活動；你殺死了他們，鄰居驚呼；從某個角度說，對，是我殺死了，因為他們靠自己去不了那裡，但換一個角度來說，我沒有，因為我們這麼做，是遵照我岳父自己的要求，至於那孩子，可憐的孩子，他在這件事上沒有發言權，也沒有值得活下去的生命，他們葬在一棵白蠟樹下，可以說是埋在彼此的臂彎中吧。鄰居撓撓頭，那現在呢；現在你去告訴全村，我們會被逮捕，押進警局，可能為我們沒做的事受審判刑；但你們確實做了；離邊境還有兩步路時，他們活著，再走兩步，他們就斷氣了，照你的說法，我們究竟是什麼時候殺死他們的，又是怎麼殺死的；如果你沒有把他們帶去那裡，他們不會死；沒錯，他們會在這裡，等待著永遠不會到來的死神。三個女人不出聲，安詳地看著鄰居。我走了，他說，我以為出了什麼事，萬萬沒想過是這樣；我倒是有一個請求，女婿說；什麼；陪我去警局吧，這樣你就不用挨家挨戶去跟人說我們犯下的滔天大罪，比方，弒父，殺嬰，天啊，這屋裡住著什麼喪盡天良的人；我不會說那種話；我知道，所以陪我去吧；什麼時候，就現在，打鐵要趁熱；那走吧。

他們既沒受審也沒有判刑。消息如同一根點燃的導火線，火速傳遍全國，媒體口誅筆伐這些齷齪之徒，弒父的姐妹，同謀的女婿，他們為老翁和無辜的幼兒流淚，彷彿他們是人人夢寐擁有的爺孫，幾家正直的報紙充當公共道德的晴雨錶，無數次將矛頭指向傳統家庭價值觀不可阻擋的淪落，認為這就是萬惡的根源起因，然後，才過了四十八小時，所有邊境地區發生類似行徑的新聞紛至沓來。更多的馬車，更多的騾子，運送更多無縛雞之力的身軀，假救護車彎彎曲曲走過鄉間荒徑，走到可以把人卸下的地方，這些人通常繫著安全帶坐在座位上，不過偶爾也有不體面的做法，藏在行李箱蓋上毯子，總之，各廠牌各型號各價格的車輛紛紛駛向這座嶄新的斷頭臺，請原諒這個極其放肆的比喻，新斷頭臺的刀刃是那條纖細的邊境線，肉眼無法看見，每輛車都載著可憐人，死神在線的這一頭要他們永遠處於垂死狀態。並非所有如此行事的家庭都能以同樣動機為自己辯護，某些動機值得尊敬，某些卻有爭議，而我們那一戶沉痛的自耕農家從未想像他們的行為會引發這樣的交通流量。有的人利用這個權宜之計，在異國他鄉擺脫父親或祖父，不過是把它看成一種乾淨俐落的手段，說徹底的手段甚至更為貼切，好擺脫已經成了家中累贅的彌留親眷。起初，各路媒體大力抨擊那家女兒女婿，批評他們聯手埋葬祖孫二人，他們的謾罵也沒放過未出嫁的姑母，指控她同謀串通，姑息養奸，現在，媒體又轉為指責那些表面正派的人，正值國家有難的危機關頭，他們虛偽的面具終於落下，殘忍無愛國心的本性表露無遺。迫於三個鄰國政府和反對黨的壓力，總理譴責了此一不人道的行為，呼籲國民尊重他人生命，並宣布武裝部隊就位，把守國境邊界，阻止奄奄一息的國民越境，無論他們是出於本意，還是因為親屬的強制決定。總理不敢明言，但當政者心中當然不全然反對人口外流，人口壓力仍然遠遠未達真正令人恐慌的程度，但歸根結底，這還是有助於降低這三個月來不斷攀高的人口壓力，符合國家的利益。總理也忘記提及，當日他低調會見了內政部長，目的是建立一個擴及全國城鎮鄉村的警戒或間諜網路，負責向當局通報死亡暫停者的親屬的可疑行蹤。干預與否，視不同個案情況而定，因為政府的意圖不是全面制止這一波新移民熱潮，而是稍微緩解鄰國政府的擔憂，至少足以讓他們暫時停止抱怨。總理堅定地說，我們碰面不是為了做他們想讓我們做的事；內政部長說，計畫仍舊顧不了小村莊、大莊園、太偏僻的房屋；那些就由他們去吧，他們可以做他們想做的事，因為根據經驗，我的朋友，你是知道的，不可能每人配一名警察。

頭兩週，計畫大致進行順利，但是在那之後，一些義警開始報告說，他們接到威脅電話，警告他們，如果想要過著美好平靜的生活，最好是睜一隻眼閉一隻眼，別管他人偷運絕症病人，如果不想讓自己的屍首也加入他們負責監視對象之列，那兩眼都要閉上。後來，有四名義警的家人接到匿名電話，叫他們去指定地點領回親人，大家就明白恐嚇不是恐嚇假的。人是找到了，沒死，但也不算活。鑒於事態嚴重，內政部長決定給暗處敵人來個下馬威，一方面命令線人加強調查，另一方面取消按照總理策略施行的放行甲不放行乙之滴漏政策。對方立刻還以顏色，又有四個義警遭遇同樣的悲慘命運，不過這次只有一通電話，直接打去內政部，這通電話可以當成一種挑釁，也可說是純粹邏輯所導致的必然行動，好像有人來聲明，我們的確是存在的。不過，傳達的信息不只如此，還附帶了一條建設性的建議，我們來個君子協定吧，電話另一頭的聲音說，部長下令撤掉義警，我們負責把垂死的人送到邊境，神不知，鬼不覺；你們是誰，接電話的某部門主任問；一群重秩序守紀律的人罷了，我們精通本業，厭惡混亂，言出必行，總之，一群講求誠信的人；你們組織有名字嗎，公務員問；有人叫我們黑守黨，守信的守；為什麼是守；跟原本的黑手黨有所區別；國家不會和黑守黨談什麼協議；不是有公證人簽署的那種協議，當然不是；別的也休想；你什麼職位；主任；也就是對現實生活一無所知的人；但我清楚我的責任；我們現在唯一有興趣的，是你把我們的建議轉達給能夠定奪的人，也就是部長，如果你可以跟他直接報告；我不能跟他直接報告，但這段對話會立即傳達給我的上級；我們給政府四十八小時時間考慮我們的提議，一分鐘也不多給，但請告知你的上級，如果得不到我們想要的答案，會有更多的義警昏迷；好，我會轉達；那麼，後天這個時候我再打來，聽聽你們的決定；好，我記下來了；很高興和你談話；但願我也能這麼說；噢，當你知道義警安然無恙回家時，我相信你的語氣會不同，小時候的禱告如果還沒忘記，現在就開始禱告他們平安無事吧；明白；我就知道你會明白；就這樣吧；四十八小時，一分鐘也不多給；但我肯定不會是我來答覆你；哎呀，當然是你；為什麼；因為部長不會想要直接跟我對話，況且，萬一出了差錯，背黑鍋的人是你，畢竟，我們提出的是君子協定；對，先生；晚安；晚安。主任從錄音機裡抽出磁帶，找上級談話去了。

半小時後，錄音帶到內政部長手中。他聽了一遍又一遍，聽完三遍後問道，這個主任值得信任嗎；主任的上級回答，到目前為止，他從沒犯過任何小錯；但願大錯也沒有；大錯小錯都沒有，上級說，他沒有聽懂話中的諷刺。部長從錄音機拿出錄音帶，開始扯出磁條。扯完後，他把磁帶放在大玻璃菸灰缸，拿著點燃的打火機靠過去。磁帶開始變皺收縮，不到一分鐘，就糾結成一團漆黑不成形的東西，一捏就碎。他們那邊應該也錄了與主任的談話，上級說；不重要，誰都可以偽造電話錄音，只要兩個聲音和一臺錄音機就夠了，重要的是，我們銷毀了我們這邊的錄音帶，原始音檔毀了，就不可能有任何複製的錄音；不用我提醒你，接線員也保留所有通話的紀錄；那我們要保證那些紀錄也一併消失，好嗎；沒問題，部長，如果你允許，我先告退，讓你想一想這件事；不用，對策我已經想好；我一點也不吃驚，部長，因為你很幸運，思考極其敏捷；如果這不是真的，你這句話純屬拍馬屁，不過我的確思考敏捷；你要接受這個提議嗎；我非但不接受，還要提出相反的提議；恐怕他們不會同意，對方的特使語氣嚴厲，滿嘴威脅，得不到我們要的答案，會有更多義警陷入昏迷，這句話是他說的；親愛的同志，我們要給他們的答案，正是他們要的答案；抱歉，部長，我不明白；親愛的同志，這就是你的問題了，我這麼說不是想傷害你的感受，但你的問題是，你不能像個部長那樣思考；是我的錯；不用自責，將來如果有人邀請你擔任部長報效國家，你坐上像這樣的位置，就會發現自己的腦力突飛猛進，差別大到難以想像；對，但我只是一個公務員，不用做那樣的白日夢；你應該知道那句古諺，絕不發誓你不喝這杯水；部長，你現在就有杯夠苦的水要喝，上級指著錄音帶的餘燼說；當你遵循明確的戰略，掌握所有的事實，就不難制定一個安全的行動計畫；我洗耳恭聽，部長；後天，讓你的主任跟特使對話，他就是內政部的談判官，他會告訴對方，我們同意考慮他們向我們提出的提議，但也要提醒對方，沒有合理的解釋，公眾和輿論絕不容許數千名義警撤離崗位；說黑守黨接管了生意，顯然很難被認為是一個合理的解釋；一點也不錯，只是你這句話可以說得更圓滑一點；原諒我，部長，我沒多想就脫口而出；總之，屆時主任會提出相反的提議，或者我們說是另一種建議好了，也就是不撤走義警，他們留在原地，但按兵不動；按兵不動；沒錯，我想這四個字說得夠清楚了；的確夠清楚了，部長，我只是表達我的驚奇；有什麼好驚奇的，這畢竟是不讓人覺得我們對流氓敲詐讓步的唯一辦法；但我們其實讓步了；重要的是，我們看起來沒有讓步，我們維持住門面，而門後發生的事情，不再是我們的責任；這個意思是；設想一下，我們攔截一輛車，逮捕車上的人，不用說，這些風險已經包含在親屬支付的帳單；不會有任何帳單或收據，黑守黨又不繳稅；這只是一種說法，重要的是，這是皆大歡喜的局面，我們歡喜，因為我們卸下了包袱，義警歡喜，因為他們不用再冒著受傷的風險，家屬歡喜，因為他們知道親人終於從假死人變成真死人，可以放心了，黑守黨歡喜，因為他們會得到工作報酬；完美的安排，部長；這個安排需要鑄鐵一般的保證，多嘴對誰都沒有好處；沒錯，你是對的；也許我有點疑心病；一點也不，部長，我只佩服你能想出這樣一個周密穩健又有邏輯的計畫；經驗，我的朋友，都靠經驗；好，我去找主任下達你的指示，相信他會表現出色，因為我說過了，他從沒犯過任何小錯；我相信也沒犯過大錯；大錯小錯都沒有，上級回答，他終於領略了這個小玩笑。

一切，確切地說，幾乎一切都按部長的預想發生了。在約定的時間，一分鐘也不早，一分鐘也不晚，自封為黑守黨的犯罪集團特使來電聽取內政部的答覆。主任以值得滿分的方式完成了任務，在核心問題上，他表現得堅定明確，令人信服，義警會留守崗位，但按兵不動，他也很滿意，因為他得到了回覆，稍後能夠把回覆轉達給上級，而且這個回覆還是當下所有可能的答覆之中最好的答覆，他們會認真考慮政府的另一個建議，二十四小時後再電話聯絡。二十四小時後，他們果然來電。他們認真考慮後，得出了結論，政府的建議可以接受，但有一個條件，只有忠於政府的義警按兵不動，這些義警是黑守黨沒能說服與新老闆合作的那些人，而新老闆就是黑守黨自己。讓我們試著了解犯罪一方的觀點。這次行動擴及全國，漫長且複雜，必須動用組織中許多老手進行家庭訪問，這些家庭起碼在原則上準備要擺脫摯愛的親人，原因說來值得讚揚，他們不只希望他們別再承受無謂的肉體折磨，更希望他們不用承受永恆的肉體折磨，黑守黨如果能夠利用政府龐大的線人網絡，顯然也就能得到極大的幫助，還能使他們繼續使出他們喜好的武器，諸如腐敗、賄賂、恐嚇。這塊石頭突然扔到了路中央，內政部長的計謀被絆了一跤，嚴重損傷了國家與政府的尊嚴。他左右為難，進退維谷，跋前疐後，急忙向總理請示這個意想不到的棘手難題。最壞的是，已經走到這一步，如今是無法回頭了。總理比內政部長更有經驗，但也找不到更好的辦法擺脫困境，只能提議進一步協商，制定某種人數條款，比如說，改去那邊工作的義警不能超過目前總數的百分之二十五。此任務又一次落在主任的肩上，他必須將這條和解綱領告知已然不耐的對方，總理和始終懷抱希望的內政部長相信，這個綱領最終會讓協議達到共識。然而，這是一個沒有雙方簽字的協議，因為這是一項君子協定，口頭約定即可，因此，如同字典的解釋，協定避開了任何法律手續。他們顯然不知黑守黨一肚子壞水。首先，黑守黨沒有提出答覆的時限，使得可憐的內政部長坐立不安，確信自己得遞出辭呈了。第二，幾天後，當黑守黨想到確實該打電話時，只說這條綱領能否讓雙方和解，他們還沒有定論，然後順便補了一句，好像這是一件不痛不癢的事，前一天又有四名義警被發現處於絕望的健康狀態，他們藉此機會告知，他們對此事不負任何責任。第三，還好每一件事都會有一個結局，不論是幸福的或不幸福的，全國黑守黨理事會剛剛透過主任和他的上級給了政府答覆，答覆分為兩點，a，人員比例上限不是百分之二十五，而是三十五，b，黑守黨要求，只要他們認為符合組織利益，就有權將替他們辦事的義警調到按兵不動義警的崗位，當然也就是取代他們，無須提前與政府商量，更無須徵得同意。接不接受由你。總理問內政部長，你看有什麼辦法可以擺脫這種困境；總理，我根本不相信有這樣的辦法，如果我們拒絕，我估計每天又有四個義警無法工作，無法過日子，如果我們接受，我們就任由這幫人擺布，不知道到什麼時候為止；直到永遠吧，只要還有家庭不惜一切代價擺脫家裡累贅；你倒啟發了我一個點子；聽你這麼說，我不知道該高興還是不高興；我盡力了，總理，但如果我成了另一種負擔，你直說無妨；好啦，別這麼敏感，說吧，什麼點子；總理，我認為我們現在面對的是一個明確的供需問題；此話怎說，我們現在討論的是只有一種求死方法的人；就像先有雞還是先有蛋的經典問題，要分辨是需求先於供給，還是恰恰相反，是供給創造了需求，並不總是那麼容易；也許我應該考慮把你從內政部調到財政部；兩個部門差別不大，總理，內政部有自己的財政部門，財政部也有自己的內政部門，他們可以說是彼此相通的液體容器；別岔題，說說你的點子；如果第一戶人家當初沒有想到解決辦法就在邊境的另一頭，我們今天面對的情形也許就不同了，如果不是那麼多家庭相爭仿效，黑守黨也不會插手，想開發一樁根本不存在的生意；理論上來說是沒錯，不過我們知道，他們連從石頭裡搾出水來賣錢的本事都有，所以恐怕我還是不明白你的想法；很簡單，總理；但願是吧；長話短說，我們必須截斷供給；怎麼截斷供給；勸說那些家庭，以人類最神聖的道義為名，愛你的鄰人，團結合作，把病入膏肓的親人留在家中；你想這樣的奇蹟要怎麼發生；我的想法是，透過所有媒體，包括報紙、電視、廣播，進行大規模宣傳活動，舉辦街頭遊行，成立推廣組織，分發小冊子和貼紙，街頭劇場，話劇，影片，尤其是情感大戲和卡通，這場運動要催淚，才能讓規避責任義務的親屬懺悔，喚醒人們的團結、自我犧牲和同情的意識，我相信，用不了多久，那些內疚的家庭就會意識到他們行為殘忍得不可原諒，然後回歸不久前仍然是他們人生基石的超然價值；我越來越懷疑了，我現在在想是不是該把你調到文化部，還是宗教單位，你對那些工作似乎也有一定的使命感；或者，總理，把這三個部門併成一個吧；你是說包括經濟部；沒錯，它們都像連通管；不過，我的朋友，你一點也不適合做宣傳，你以為宣傳活動會使家庭回歸到敏感的靈魂，完全是一派胡言；為什麼，總理；因為那樣的活動只會讓靠這些賺錢的人獲利；我們辦過很多這類的運動啊；沒錯，效果你也看到了，況且，回到我們應該關心的問題上吧，即使你的運動能夠奏效，也不是一天兩天能辦到的，我現在就得要做決定了；那當然是，總理。總理露出一個沮喪的笑容，整件事荒謬可笑，他說，我們很清楚，我們別無選擇，我方的任何提議只是雪上加霜；既然如此；既然如此，如果我們不想要一天有四個義警被打得死去活來，丟在死神的門口，我們不想要良心不安，除了接受對方的條件，別無他法；我們可以下令警察執行閃電行動，進行突襲，抓他數十個黑守黨，可能會讓他們收斂一點；屠龍唯有斬首一途，削幾片指甲根本沒用；或許有點幫助；總理，一天四名義警，我們還是承認我們的手腳都被綁死了；反對黨會利用這個機會，他們會指控我們把國家賣給黑守黨；他們不會說國家，他們會說祖國；那更糟；但願教會願意幫幫我們，畢竟，我想他們會接受這樣的解釋，我們做出這個決定的原因，除了為他們提供一些有用的死亡案例，也是為了拯救生命；已經沒有拯救生命這種說法了，總理，那是以前的事；你是對的，我們必須想出一些其他的表達方式。一陣沉默。接著總理說，夠了，給你的主任下達必要的指示，開始制定按兵不動計畫，我們還需要知道黑守黨打算如何分發那百分之二十五的義警；總理，是百分之三十五；請不要提醒我，我們輸得比我們一開始想像的還要悽慘；真是難過的一天；如果接下來要遇害的四個義警的家人知道這裡發生了什麼，他們不會這樣說；想想看，這四個義警明天可能改替黑守黨辦事；人生就是如此，我親愛的連通管部長；是內政部，總理，內政部；哦，就是把其他管子通通連接在一起的管子。

你可能認為，與黑守黨起起伏伏的談判過程中，政府做了許多可恥的投降動作，甚至允許卑微老實的公務員開始為該犯罪組織全職工作，你可能會認為，他們的道德已經淪落到無以復加的地步。唉，當一個人盲目穿越現實政治的沼澤地時，當實用主義拿起指揮棒無視樂譜內容指揮樂隊時，你可以非常肯定，正如不光彩的鐵律必將昭示，終究還有幾級臺階可以走到更下層的墮落。透過相關部門，即在更誠實的時代被稱為戰爭部的國防部，政府向駐紮邊境的部隊下達命令，要求他們只守衛 a 公路，尤其是通往鄰國的公路，讓所有 b 公路和 c 公路沉浸在田園的寧靜中，至於複雜的地方道路、小巷捷徑、人行通道，就更有理由放過了。這自然代表大多數部隊要返回軍營，這對基層士兵是好消息，對下士和後勤部隊也不例外，他們已經厭倦夜以繼日的站崗巡邏，但在士官之間倒是引起極大的不滿，看來他們比其他人更了解軍人榮譽和服務國家的價值觀是多麼重要。這股不滿的情緒像毛細運動，影響到少尉階層，在到達中尉階層時，失去了若干推動力，但傳至上尉這一層時，力道反而又加倍了。當然，誰也不敢大聲說出黑守黨這三個危險的字，但他們互相談論此事時，不禁回想起返回軍營的前幾天，還攔截過幾輛載送絕症患者的貨車，每個司機身邊都坐著一位官方認可的義警，不等他們開口，就掏出一紙公文，所有需要的印章簽字關防一應具全，公文說，出於國家利益的考慮，明確授權將患病的某某先生或某某夫人運送到某未具體說明的地點，指示軍隊有義務提供一切可能的協助，確保每輛貨車的乘客安全順利抵達。若非一個奇怪的巧合，這一切不會引起正直的士官的懷疑，但至少有七次，義警把公文交給士兵檢查時，給了他一個會意的眨眼。幾次的鄉間小插曲發生在相距甚遠的地點，中士於是立刻排除一個假設，這種假設不妨可以說成是一種曖昧的姿態，一種相當原始的引誘，發生在同性之間，甚至不同性別之間，雖然在這種情況下，同性與否無關緊要。然而，義警確實明顯表現出或多或少的緊張，所有人都像是往大海扔了一支瓶子，裡面塞著求救字條，眼尖的中士忍不住心想，這些貨車偷藏著最有名的貓，這些貓想被人發現時，就會想辦法把尾巴尖露出來。後來，歸營的軍令莫名其妙地來了，其後開始有傳言在私下流傳，誰也不知道傳言如何來的，也不知道從哪裡來的，但一些祕密消息管道偷偷暗示，可能來自內政部長本人。反對派報紙談到兵營籠罩在不良的氣氛中，親政府報紙則極力否認這種瘴氣正在毒害武裝部隊的團隊精神，但可能發生軍事政變的謠言確實四處流傳，只是沒有人能解釋假設的政變原因，這個謠言把死不了的病患的問題擠下了公眾關心問題排行榜榜首。也不是說這個問題已經被淡忘了，當時流傳的一句話可以印證，這句咖啡館常客也常掛在嘴邊的話是，就算發生了軍事政變，我們好歹可以確定一件事，不管雙方射出多少子彈，誰也不能射死誰。大家預料，國王隨時會發表動人肺腑的演說，呼籲全國上下團結一心，大家也等著政府發布公報，宣布緊急配套措施，陸空軍的高階將領也將聲明，力言他們絕對效忠合法權力，沒有海軍，因為一個內陸國不需要海軍，作家發表宣言，藝術家採取立場，音樂會展現團結精神，展覽陳列革命海報，兩大工會合力發起大罷工，神父寫了公開信給教區居民，呼籲信眾祈禱禁食，民眾上街遊行表達懺悔，有人大規模發送小手冊，黃色的藍色的綠色的紅色的白色的，還有人說要舉行大規模示威遊行，成千上萬的人，無論老少，不分病況，處於死亡暫停狀態的人都來參加，沿著首都幾條大街行進，可乘擔架，可推輪椅，可搭救護車，趴在較為健壯子女的背上也無妨，隊伍前列高舉巨幅，為了對仗工整，犧牲了幾個標點，上頭寫著，我們這些不能死的，等著你們所有與我們擦肩而過的人。不過，這些終究證明全無必要。黑守黨直接插手運送垂死病人，這樣的懷疑的確沒有煙消雲散，甚至因為隨後發生的事件變得更堅定，但如果突然有外敵威脅，只要一個小時時間，自相殘殺的情緒就能夠平復，教會、貴族和平民團結在國王四周，儘管思想觀念進步了，這三大階層在這個國家依然存在，他們也有理由勉強支持政府。一如往常，這件事以寥寥數語便可交代。

　　從那片無人死亡的異常國度，受雇於黑守黨或自發的掘墓者，如同突襲，持續越境來襲，三鄰國的政府多次提出外交抗議，結果無效，最後動怒了，決定協同行動，徵調部隊把守邊境，嚴格執行命令，警告三次即可開槍。值得一提的是，有幾個黑守黨幾乎一跨過停火線，就立刻遭到近距離射殺身亡，這就是我們通常說的職業風險吧，該組織立刻以此為藉口，以人身安全和經營風險之名義，提高了服務收費。提了黑守黨管理運作的這個有趣小插曲後，我們繼續談談真正的重點。又一次，中士運用無懈可擊的戰術策略，繞過優柔寡斷的政府，滿腹狐疑的武裝部隊高層將領，掌握先機，成了眾人眼中的推手，也自然成了英雄，他們鼓勵群眾發起抗議行動，在廣場和大小街巷集結抗議，要求部隊立刻重返戰鬥前線。邊境這一側的祖國深陷困境，面臨著人口、社會、政治和經濟四重危機，苦苦掙扎，邊境另一側的鄰國對這些可怕的問題漠不關心，不聞不問，最後還扯下面具，在光天化日下暴露出真面目，原來他們是冷酷的征服者，是無情的帝國主義者。在商店和住家，在廣播、電視和報紙上，民眾所聽所讀都是這個論調，他們忌妒我們，他們羨慕我們國家沒人會死，所以他們想要入侵占領我們的國土，這樣他們也能永遠不死。兩天後，士兵齊步前進，舉著迎風招展的旗幟，高唱愛國歌曲，如《馬賽曲》、《勝利在望》、《豐特的瑪麗亞》、《憲章之歌》、《看不到一個國家》、《紅旗歌》、《葡萄牙人》、《天佑吾王》、《國際歌》、《德意志之歌》、《沼澤士兵》、《星條旗之歌》，重返先前撤離的哨所，全副武裝，剛烈地等待著即將到來的進攻和榮耀。但什麼都沒到來，沒有榮耀，沒有進攻。沒有什麼征服，更沒有什麼創建帝國，因為上述的鄰國只求別再有這類新型態的受迫移民，未經許可，擅自葬於該國，如果只是安葬，那也就罷了，但他們是帶著那些人來赴死，來受害，來清除，來滅亡，因為在他們越過邊境那宿命的一刻，就在那精準的一刻，是他們的雙腳先越過了邊境，所以大腦能夠知道身體其他部位發生什麼事，不幸的可憐人吐出最後一口氣，離世了。兩個陣營英勇對陣，但這一次不會血流成河。這與邊境這一側的人無關，因為他們知道，即使一陣機槍掃射把他們射成兩截，他們也不會死。雖然基於有充分理由的科學好奇心，我們應該問問自己，倘若胃留在一邊，腸子掉到另一邊，這兩半該怎麼活。不管事情真相如何，只有十足的瘋子才會考慮開第一槍。謝天謝地，無人開槍。幾個小兵決定開小差，投奔到無人死亡的黃金國，最後下場也只是立刻遣返回國，接受軍事法庭審判。此事與我們講述的複雜故事完全無關，我們不會再提，但也不想讓它就這麼消失在墨水瓶的黑暗中。開庭前，軍事法庭可能已有定論，審議不會考慮始終存於人類心中對永恆生命的天真願望；如果我們都能永生，會發生什麼，到哪裡為止呢，控方會訴諸最簡單的修辭攻擊，而辯方，不用說，也不會有足夠的智慧提出合適的回答，因為他們也不知道到哪裡為止。但願他們不會槍決這幾個可憐蟲，否則就應驗了那句俗話，偷雞不成蝕把米。

換個話題吧。黑守黨是否直接參與將垂死民眾運送至邊境一事，一些中士及與他們契合的少尉中尉都心存懷疑，我們提起這些懷疑時，說過後來發生的某些事件讓這些懷疑更加堅定。現在該說說是什麼事件，事件又是怎樣發生的。黑守黨以開先例的自耕農家為榜樣，所做的不過是跨過邊境埋葬死人，收取一小筆的服務費。與那戶人家不同的是，黑守黨不會在意安葬地點的美醜，也從不費心在日誌中記下任何地貌或地形參考點，讓含淚懺悔惡行的家屬找得到墳墓，乞求亡者的宥恕。原本掘墓活動暢行無阻，但一個人不需要有敏銳的戰略頭腦也能明白，在這三段邊界的另一側，軍隊開始對此類活動設下難以克服的障礙。要是這樣就被難倒了，黑守黨也就不是黑守黨了。請容許我們插一句話，這些犯罪組織的首腦既聰明又有才智，偏偏背離了尊紀守法的狹隘道路，違背《聖經》敦促我們用汗水掙錢養家的明智戒律，實在可惜，但事實就是事實，套用阿達瑪斯托[3]的傷心話，啊，我的心病了，

3 阿達瑪斯托（Adamastor），葡萄牙傳說中的巨人，象徵葡萄人航海時遇到的自然力量。

無法道出此事，我們終究還是要記錄下一個令人痛心的消息，黑守黨為了迴避一個看似無解的難關，耍了一個花招。然而，在說那件事之前，不妨解釋一下，史詩詩人借用不幸的巨人阿達瑪斯托之口所說的那個病字，在那種情況下，指的是深沉的悲傷、難過、悲痛，可是這麼多年過去了，普羅大眾認為，他們可以用這個絕妙的字來表達厭惡、憎恨、討厭的感受，這麼想也不無道理，因為任何人都知道，這與上述的感覺沒有任何關係。遣詞用字還是小心為上，文字跟人一樣善變。黑守黨這個花招顯然不像做香腸那麼簡單，灌肉，綁好，吊掛在燻製間即可，這花招費了不少功夫，得派遣特使，他們黏著假鬍子，戴了帽子，帽檐拉低遮住眼睛，還有加密的電報，美俄熱線般的祕密通話，半夜三更在十字路口碰頭，字條藏在石頭底下，在早期的協商過程中，也就是拿義警性命擲骰子的那時，這些把戲我們已經見識過了。我們也不能認為這些交易像以前情況純粹限於兩方。除了這個無人死亡之國的黑守黨，鄰國的黑守黨也參加了這些談判，唯有如此，才能保障各個犯罪組織在其工作的國家框架下的獨立，以及各自政府的獨立。任何一個國家的黑守黨，如果直接與另一個國家的政府談判，都是完全不能接受的，絕對應受到譴責。無論如何，目前事態尚未發展到那個地步，迄今為止，似乎由於最後一絲謙虛，由於國家主權這一神聖原則，他們還沒有那樣做，國家主權神聖不可侵犯，此原則對黑守黨和各國政府同樣重要，對政府來說，這點不言而喻，但當涉及到犯罪組織時，你可能有所懷疑，除非想起他們是如何又嫉妒又殘酷地捍衛自己的領土，抵禦異國同行的霸權野心。統籌這一切，讓整體問題和個別問題和解，平衡這群人和另一群人的利益，這個任務談何容易，因此在漫長無聊的兩週時間，士兵一面等待，一面用擴音器互相辱罵，不過總是小心不要越界，不要太粗魯，以免冒犯到某個特別易怒的中校，然後一切就失控了。讓談判更加複雜進展遲緩的最大因素，是他國的黑守黨沒有聽話的義警隊，因而缺乏對政府施加壓力的不可抗拒手段，這種壓力在這裡可是收效良好。流言蜚語在所難免，談判的這個陰暗面從未曝光，但我們有充分的理由認為，在上級的縱容下，鄰國軍隊的中階將官允許自己被當地黑守黨發言人的論點說服，以天曉得的價格被收買，對於解決問題不可避免的來來往往進進退退視而不見。這個點子連孩童也想得出，但要付諸實現，他必須到了我們所謂懂事的年紀，親自去敲打黑守黨招聘部門的大門說，我的使命把我帶到這裡，聽候差遣。

喜歡言簡意賅要言不煩的人無疑會問，如果這個想法如此簡單，我們為何還要扯東扯西才能終於講到關鍵呢。答案同樣簡單，有人認為我們這篇故事摻雜大量古文，故事都像是發黴了，就算是彌補吧，這個答案我們要用一個當前非常時髦的詞來說明，這個詞就是脈絡。說脈絡，大家都知道什麼意思，但如果我們索然無味用背景這個陳舊的用語，不只糟透了，也不完全忠實於真相，因為脈絡所指的不只是背景，還有存在於觀測對象和地平線之間所有其他無以計數的範圍。如果我們把它叫做框架，那就更貼切了。沒錯，框架，我們現在終於有了一個又好又實在的框架，現在是時候揭露黑守黨耍了什麼花招，避免任何可能損害他們利益的衝突。正如前言，一個小孩都能想出這樣的點子。就是把病人帶過邊境，一旦他或她死了，就立刻把他或她帶回來，葬在祖國母親的懷抱。精彩無比地將了對方一軍，這個形容用在這裡，是再嚴謹精準不過了。如我們所見，問題解決了，而且沒有任何一方蒙受恥辱，四國的軍隊也就沒有理由留在前線枕戈待旦，他們可以和平撤退，因為黑守黨打算一入境就出境，因為如之前所說的，他們在運送到另一邊的瞬間就會死去，一分鐘也不必多逗留，只待上死所需的時間，而死所需的時間總是最短的，只需要一口氣而已，所以你可以想像這是怎樣的情況，一根蠟燭，不用誰來吹，自己說滅就滅了。即使是最無痛的安樂死，也不可能如此輕鬆，如此甜蜜。這個新形勢最有趣的一點是，人不死之國的司法系統總是假設他們確實有行動的念頭，但沒有任何法律依據能對埋葬的人採取行動，這倒也不是只是因為政府被迫與黑守黨達成了君子協定。不能指控他們殺人，因為嚴格來說他們沒有殺人，也因為這種應受譴責的行為，如果有人能找到更好的方式來描述它，麻煩您了，因為這種應受譴責的行為發生在國外，他們更不能指責他們安葬死者，因為這是死者的自然命運，他們甚至應該感激這些人，他們願意承擔這個苦勞，不管你怎麼看，這都是一個痛苦的任務，無論是從生理和心理的角度來看都不容易。他們至多只能辯稱，當時沒有醫師在場記錄死亡，葬禮不符殯葬規範，何況墳墓沒有標記，大雨一下，植物就從肥沃的土壤中茁壯成長，墳墓肯定消失無影無蹤，說得彷彿這種事聞所未聞。礙於種種困難，司法界也擔心可能陷入上訴的沼澤，黑守黨的精明律師老謀深算，一定會毫不心軟淹死他們，所以他們決定耐心等待，看事情如何發展。毋庸置疑，這是最謹慎的態度。國家陷入前所未有的動盪，當權者無所適從，權威削弱，道德價值觀迅速顛覆，社會各界公民互重意識逐漸喪失，可能連上帝都不知道祂要把我們帶到哪裡。有風言風語說，黑守黨正在與殯葬業談判另一項君子協定，目的是合理安排任務，分散工作量，用通俗的日常用語來說，就是黑守黨負責提供死人，殯葬業者貢獻埋葬死人的手段和專業技術。據說，殯葬業者敞開懷抱歡迎黑守黨此項提議，他們受夠了，不想把自己累積千年的專業、經驗、知識和職業哭喪隊浪費在埋葬貓狗金絲雀上，偶爾還有鸚鵡，患有緊張性精神分裂症的烏龜，馴養的松鼠，主人常常扛在肩頭的寵物蜥蜴。他們說，我們從未墮落到這般地步。現在看來前景一片光明燦爛，希望如花壇百花綻放，我們甚至可以冒著明顯悖繆的風險說，殯葬業重獲新生。一切都要感謝黑守黨的鼎力相助，還有他們取之不盡用之不竭的錢庫。他們補貼首都和全國其他城市的葬儀社，讓他們設立新分店，在靠近國界的地方，黑守黨自然也得到適當的報償，當死者一被帶回本國，需要有人宣布死亡的時候，會有一個黑守黨安排的醫師在場，黑守黨也與各地方議會達成協議，凡是由他們負責的喪葬，無論日夜，不分鐘點，都享有絕對的優先下葬權。當然，這都需要很多金錢來打點，不過這門生意仍有賺頭，因為附帶服務占去了帳單的一大部分。接著，源源不斷供應臨終病人的水龍頭冷不防被關掉了。家屬似乎驀地良心發現，互相告知，我們別再把親人送去遠處赴死了，打個比喻來說，我們既然吃了他們的肉，現在他們的骨也就得啃下去，我們不只有在親人身強體壯的美好時光才陪著他們，時運不濟的時候，我們也一樣要守著他們，哪怕他們變成了一塊不值得一洗的臭抹布。殯葬業者再次從狂喜跌入了絕望，被扔回了廢墟，承受埋葬貓、狗、烏龜、鸚鵡、松鼠、金絲雀等等動物的恥辱，但沒有蜥蜴，因為只有牠能讓主人扛在肩上帶著走。黑守黨行若無事，沒有自亂陣腳，立刻派人去打探究竟。原因很簡單。家屬欲言又止，從前可以做得神不知鬼不覺，趁著夜色把親人送走，鄰居也不會知道病人是還在病榻上煎熬，或者已經人間蒸發了。說謊總是比較容易，在樓梯間巧遇隔壁鄰居，對方問，爺爺最近怎樣了，只要難過地說，可憐啊，還躺在那裡呢。現在一切不同了，有死亡證書，墓地有刻著姓氏大名的牌匾，不出幾個小時，所有吃醋撚酸的大喇叭鄰居通通知道了，爺爺死了，方法只有一種，簡而言之，就是無情無義的自家人把他送去了邊境。這讓我們羞愧，他們承認。黑守黨聽了一遍又一遍這樣的話，表示回去會加以考慮。他們考慮不用二十四小時。根據第三十四頁上的老先生例子，死者都是自願赴死的，因此死亡證明上會註記為自殺。水龍頭又打開啦。

在這個沒人死的國家，並非一切都如我們適才描述的那樣骯髒卑鄙，雖然社會在永生的希望和死不了的恐懼之間掙扎，貪得無饜的黑守黨腐蝕靈魂，制服肉體，玷污老一輩優良原則中僅存的那一丁點，卻也沒有順利將爪子伸入每一個角落，一封帶有賄賂意味的信封被立即退回，附以一則堅定而明確的答覆，大致內容如下，拿這些錢給你的孩子買幾樣玩具吧，不然就是你弄錯了地址。尊嚴在當時是所有階層都能掌握的一種驕傲。儘管發生了一切，儘管邊境上有假自殺髒交易，但這種精神繼續在水域盤桓，不是浩洋深海的水域，因為遙遠的其他國度才有海洋環繞，而是湖泊河川，是溪澗涓流，是雨後的小水窪，是最能判斷天空有多高的清澈深井，儘管看起來很不尋常，但在平靜的水族缸水面也是如此。尚未出師的哲學家心不在焉，看見剛剛游到水面的金魚吐了個泡，稍微回過了神，暗想多久沒換水了，當金魚一次又一次打破水與空氣相遇的液面，他都能知道金魚想說什麼，所以就在這個發人深省的時刻，他被提出了一個清晰而尖銳的問題，此問題將引發這個沒人死之國歷史上最激烈最激動人心的爭論。盤桓在水族缸水面的精靈對尚未出師哲學家提出了這樣的問題，你有沒有想過，所有的生靈都是同一個死神嗎，無論是包括了人類的動物，還是植物，從人人踩踏的小草，到百米高的巨杉，人自知必有一死，馬則無從得知，全都是同一個死神帶走他們的性命嗎。然後，牠繼續說，蠶把自己密密實實包在繭裡，閂上了門，是在哪一刻死去呢，一個生命怎麼可能從另一個生命的死亡中誕生，蛾的生命來自蠶的死亡，牠們怎麼可能相同又相異呢，還是因為蛾活著，所以蠶沒死呢。尚未出師的哲學家回答，蠶沒死，但蛾在產卵後死去；這你還沒出生我就知道了，在水族缸水面盤桓的精靈說，蠶沒死，蛾破繭而出後，裡頭並沒有屍體；但你說一個生命從另一個的死亡中誕生；那叫變態，誰都知道，未出師的哲學家說，一副高高在上的樣子；這個詞很好聽，充滿希望和肯定，你只說變態，就沒再說了，看來你不明白，文字只是我們貼在事物上的標籤，並非事物本身，你永遠不會知道事物的真面目，更不知道它們真正的名字，因為你給它們起的名字不過就是那樣，不過就是你給它們的名字；我們兩個究竟誰才是哲學家；我不是，你也不是，你只是尚未出師的哲學家，我只是在水族缸水面盤桓的精靈；我們在討論死神；不是死神，是死神們，我問的是，為什麼人不會死了，其他動物仍舊會死，為什麼有的生命不死，有的生命不會不死呢，當這隻金魚的生命到了終點，容我提醒你，你再不換水，那一天很快就到了，到時你能從牠的死亡中認出另一種出於你不知的原因此刻暫時豁免的死亡嗎；以前人還能死的時候，我有幾次當場看著別人死去，從來沒有想過，他們的死和我早晚要經歷的死是同一種；因為你們各有各的死神，從你出生的那一刻起，你就藏在祕密的地方帶在身邊，祂屬於你，你屬於祂；那麼，動物呢，植物呢；我想它們也一樣；每一個都有自己的死神嗎；沒錯；這麼說來，死神有很多，從過去到未來，有多少生命存在，就有多少的死神；沒錯，可以這麼說；你自相矛盾，尚未出師的哲學家大叫；監督每個生命的死神可以說是壽命有限的死神，次等的死神，會隨著自己奪去的性命一起消逝，但在這之上還有一個更大的死神，從人類誕生之初就一直掌管著人類；所以有等級之分；我想是的；像動物一樣，從最低級的原生動物到藍鯨；牠們也一樣；從矽藻到巨杉，因為巨杉太高大了，你之前提到時還用了拉丁文學名；據我所知，它們也是同樣的情況；所以每一樣東西都有各自無法傳播的死神；沒錯；還有兩個掌管全體的死神，分屬於自然界的兩個王國；正是；死神所賦予的責任等級就到此為止了嗎，未出師的哲學家問；在我的想像力所及之處，我還看到另一個死神，至高無上的最後死神；是怎樣的死神；摧毀宇宙的死神，真正配得上死神之名的死神，只是萬一真有那麼一天，宇宙將沒有人能唸出祂的名字，至於我們討論的其他種種，只是微不足道的瑣碎細節；所以死神不只有一個，未出師的哲學家做了略顯多餘的結論；這正是我一直在說的；這麼看來，曾是我們死神的死神暫停工作，但其他的死神，動植物的死神仍舊執行任務，祂們彼此獨立，各司其職；你終於信了；沒錯；好，去告訴其他人吧，在水族缸水面盤桓的精靈說。爭議於是乎就這麼展開了。

盤桓在水族缸水面上的精靈提出了大膽的論點，第一個出現的反對理由是，其代言人並非一個資格深厚的哲學家，只是一個未出師的學徒，不過粗通教科書裡的一些皮毛，那些知識幾乎跟原生動物同樣初等，不只如此，這些皮毛還東拼西湊，七零八落，沒用針線縫合，顏色形狀都極為不協調，簡而言之，這個哲學體系可以稱為丑角學派或折衷學派。但真正的問題並不在於此。誠然，這個論點的精髓是在水族缸水面盤桓的精靈的論述，但只要重讀前兩頁所展開的對話，你會發現，在這個有趣觀點醞釀的過程中，這位尚未出師的哲學家也是有所貢獻，就算他貢獻的不過是耳朵好了，眾所周知，自蘇格拉底時代以來，聆聽者的角色一直是辯證不可缺少的要素之一。起碼有件事無可否認，那就是人類不再死去，但其他動物還有死亡。至於植物，即便是對植物一無所知的人也能輕易看到，植物一如往常，發芽抽葉，然後凋萎乾枯，而最後這個階段，不管是否腐爛，都還不能被解釋為死亡的話，那麼也許有人可以站出來，提供一個更好的定義。有些反對者說，這個地方的人不再死去，但所有其他生命仍會死亡，此一事實反而證明了常態並沒有退出整個世界，無需贅言，常態的意思很單純，很簡單，就是時候到了，我們就會死去。死了，就不用陷入這樣的爭論，爭辯死神是否從出生起就屬於我們的，或者只是路過，碰巧注意到了我們。在其他國家人仍舊會死，該國國民似乎也沒有因此而不快樂。起初，他們是有些嫉妒，醞釀一些陰謀，甚至出現奇怪的科學間諜活動，想一探究竟，這都是很自然的反應，但當他們看到我們飽受問題困擾，我們相信這些國家人民的感受用一句話來描述最為貼切，我們逃過了一劫，實屬萬幸。

不用說，教會騎上平素的那匹戰馬，馳騁衝入了辯論舞臺，他們的戰馬就是，上帝素來行事神祕，也就是說，以略帶不敬語彙的外行人的話來說，我們根本無法透過天堂之門的縫隙窺視裡面發生了什麼。教會還說，自然因果規律暫時或者或多或少暫停並非什麼新鮮事，想想過去兩千年間發生了多少奇蹟就知道了，與現在發生的事相比，唯一的區別在於規模，因為過去透過個人信仰而給予個人的恩惠，已經被無關人格全面有獎的禮物所取代，且這麼說吧，全國都得到了長生不死的仙丹妙藥，按理說，本來只有信徒能夠指望蒙恩，但現在無神論者、不可知論者、異端、叛徒者、各種無信仰者、異教徒、好人、壞人、十惡不赦者、良民和黑道、劊子手和死刑犯、警察和盜賊、殺人凶手和捐血民眾、瘋了的和理智的，所有的人，沒有人例外，都成了整部奇蹟史上最偉大奇蹟之見證人，也是受惠者，這個奇蹟是，肉體的永生與靈魂的永生結合了。在天主教，自主教往上的各個層級都不喜歡這類神祕故事，故事是從某些渴望奇蹟的中層成員口中傳出，在給信徒的堅定信息中，他們不只透露了故事，更不可避免提到上帝不可思議的行事之道，接著重複紅衣主教在危機發生的頭幾個小時與總理的電話交談中即席表達的想法，主教設想自己是教皇，祈求上帝原諒他如此愚蠢的臆想，建議立即發表一個死神晚點到的新論點，將希望寄託在經常受人稱頌的時間智慧上，時間智慧告訴我們，世上總有一個明天，可以解決今天狀似無解的問題。一位讀者致信給他最喜歡的報紙的編輯，宣稱完全準備好接受死神決定延後再來的見解，但畢恭畢敬想問一句，教會能否告知如何得知這一消息，既然教會消息這般靈通，想必也知道會延後多久吧。在編輯室報告中，報社提醒這位讀者，這只是一個提議，尚未付諸實行，編輯最後說，這表示教會對此事的了解跟我們一樣，即一無所知。此時有人寫了一篇文章，要求辯論回歸到最初的問題，死神究竟是一個，還是很多個，寫到死神時，我們該用單數還是複數，既然行筆至此，我只想說，教會採取這種模稜兩可的立場，不過是想爭取時間，避免自己做出承諾，故而採取一貫策略，忙著給青蛙腿上夾板，想要刀切豆腐兩面光，誰也不得罪。第一個流行用語讓記者有些摸不著頭緒，他們一輩子也沒聽過或讀過這種說法。面對這道謎，在健康劑量的專業競爭心態趨使下，他們從書架搬下撰稿寫新聞時偶爾查閱的詞典，開始研究那個兩棲動物跟這有什麼關係。他們查不出個所以然，更確切地說，他們查到了青蛙，他們查到了腿，他們查到了夾板，但沒能弄清楚這三個詞放在一塊的意思。這時，他們之中有人想到了個點子，把一個多年前從鄉下來的老看門人叫過來，這人大家都愛嘲笑他，因為他在城裡生活了那麼多年，說起話來還是像坐在火爐邊給孫子孫女講故事。他們問他是否知道這個說法，他說，知道啊，他們問他是否知道這是什麼意思，他說，知道啊。那解釋解釋吧，主編說；夾板，先生們，是用來固定斷骨的木頭；這個我們曉得，但跟青蛙有什麼關係；跟青蛙關係可大了，因為沒有人能夠給青蛙腳上夾板；為什麼；因為青蛙腿不可能長時間不動；那麼這個說法是什麼意思呢；就是試了也是白試，因為青蛙不會讓你試；但讀者不可能是那個意思；我們如果要說誰誰誰顯然在拖延時間，也可以說他想在青蛙腿上放一個夾板；教會的確是在拖延時間；沒錯，先生；所以讀者寫得一點也沒錯；我相信他是對的，不過我的工作當然是盯著誰進出那扇大門；你幫了大忙；不要我解釋另一句話嗎；哪一句；刀切豆腐兩面光；不用了，那句我們懂，天天都身體力行呢。

死神是單數抑或複數，這場論戰由盤桓在水族缸水面的精靈和尚未出師的哲學家挑起，若非經濟學家那篇文章登場，或許就以喜劇或鬧劇收場了。經濟學家自己承認，精算並非他的專長，但他自認對這個問題有充分的了解，因此公開質問，在今後二十年左右的時間，有上百萬人有資格終生領取殘疾年金，國家到時要怎麼拿出這筆錢來，不只他們能夠永遠領取年金，無可避免會有更多人加入他們的行列，無論是用加減還是幾何級數來計算，災難肯定會發生，到時混亂失序，政府破產，眾人各自逃命，最後無人倖免於難。面對這幅恐怖的景象，形而上學者別無選擇，只能緘口不言，教會也別無選擇，只能繼續轉動已經摸爛的念珠，等待世界末日，依據他們的末世論觀點，世界末日是一勞永逸解決所有問題的辦法。回到經濟學家那個令人擔憂的論點，這個算式其實不難，如果有一定比例的經濟活動人口繳納國民保險，一定比例的非經濟活動人口因年老或殘疾退休，仰賴著經濟活動人口領取養老金，相對於非經濟活動人口，經濟活動人口不斷減少，非經濟活動人口不斷增加，所以很難理解，為什麼沒有人立刻領悟，死神的消失畢竟不是一件好事，而以為那是人類的巔峰、極致、無上的幸福。哲學家和其他抽象主義者首先必須迷失在窮究真理的森林中，思索什麼是存在，什麼是虛無，用老百姓的話來說，就是思索幾乎與全無，然後才會想到枯燥無味的常識，拿起紙筆，用 a＋b＋c來證明還有更緊急的事需要考慮。我們懂得人性的陰暗面，所以可以料到一件事，經濟學家這篇引人發憂的文章發表後，健康人群對於臨終者的態度開始惡化。在此之前，儘管人人都認為老弱病殘造成相當大的困擾和問題，人們認為尊重他們是文明社會的基本責任，因此，雖然有時確實要費些力氣，但他們所需要的照顧從來沒有被拒絕過，在少數情況下，這種照顧甚至還在油盡燈枯之前加了少許的同情和愛。我們也知道，確實有幾個狠心的家庭，讓自己受制於不可救藥的非人道行為，他們的親人躺在汗水浸濕屎尿汙染的床單上，一絲沒兩氣，與死無異，他們卻雇用黑守黨來處理掉這些可憐人，這些家庭應該受到我們的非難，就像廣為流傳的木碗故事中的那一家人，不過，如你所見，這一家人很幸運，多虧了一個八歲孩子的善心，在最後一刻從最後的詛咒中得救了。這是一個幾句就能講完的故事，我們再講一遍，啟迪沒聽過的新世代，希望他們不會嘲笑故事的天真或濫情。注意了，請聽聽這則道德教訓吧。很久很久以前，在傳說的古老國度中，有這麼一家人，爸爸，媽媽，還有爸爸的爸爸，也就是爺爺，最後是上面提到的那個八歲孩子，是一個小男孩。爺爺年紀大了，所以雙手老是哆囉哆嗦，吃飯時食物有時會掉下去，惹得兒子媳婦很不高興，不停叫他吃飯要小心點，但這個可憐的老人不管怎麼努力，手仍舊抖個不停，他們斥責他時，他的手反而會抖得更厲害，結果總是弄髒桌布，或把食物掉在地上，更不用說他們綁在他脖子上的餐巾了，早中晚餐，每天要換上三次。情況如此，無望轉好，做兒子的決定結束這令人不悅的情況。他帶了一個木碗回家，跟父親說，從今天起，你就坐在門階上吃，那裡比較容易打掃，你的兒媳婦就不用洗那些髒桌布髒餐巾。於是就這樣決定了。一日三餐，老人獨坐在門階上，費力將食物送進嘴裡，結果一半中途掉了，一半有部分滴到下巴上，幾乎沒有什麼食物進入我們所謂的食道。爺爺遭受惡劣的對待，孫子似乎無動於衷，他看看他，然後看看爸爸媽媽，然後繼續吃他的飯，好像這不關他的事。一天下午，爸爸下班回來，見到兒子在刻木頭，心想他大概是給自己做玩具吧，在那個遙遠的年代，自己做玩具是稀鬆平常的事。然而，第二天，他注意到男孩做的不是玩具車，如果那是玩具車，他看不出哪裡可以裝輪子，所以他就問了，你在做什麼。小男孩假裝沒聽見，繼續用刀尖削著木頭，在故事發生的年代，父母不至於動輒心驚膽跳，立刻從孩子手中奪走製作玩具的實用工具。沒聽見嗎，我問你用那塊木頭做什麼，爸爸又問，兒子眼也不抬，繼續看著手頭上的東西，回答說，我在幫你做個碗，等你老了，手抖了，像你對爺爺那樣，被叫去坐在門階上吃飯，就可以用這個碗吃飯了。這幾句話產生神奇的效果。爸爸的眼翳脫落了，他見到真理和真理的光，立刻去懇求他父親的諒解，到了晚飯時，親自扶他上桌，用湯勺餵他，還輕輕擦拭他的下巴，因為他還能做這些，而他親愛的父親卻做不到了。歷史沒有記載後來的發展，但我們可以肯定的是，小男孩中止了雕刻，那塊木頭還是擱著。沒有人想把它扔掉，也許是因為他們不想忘記這一課，也許因為他們認為可能有一天會有人決定完成這項工作，想想前頭說過人性黑暗面有強大的生存能力，這也沒什麼不可能。正如有人說過，一切能發生的事，終將會發生，只是時間的問題，如果我們在世時沒有看到，那是因為我們活得不夠長。

總之，為了不讓人指責我們只用調色板左邊的顏色來畫這整幅畫，有一點需要交代一下，幾家報社率先把這個故事從塵封的集體記憶書架上拯救出來，拂去蜘蛛網，而有些人相信，這麼感人的故事，只要改編成電視劇，就能幫助許多良心泯滅的家庭重新追隨或培養過去社會提倡的無形精神價值，否則目前盛行的卑鄙唯物主義會霸占我們自以為強大的意志力，但我們的意志其實只是道德脆弱的形象，駭人且無藥可救。然而，我們別放棄希望。我們深信，當這個男孩出現在螢幕上的那一刻，全國有一半的人都會跑去找條手帕來擦眼淚，而另一半人也許性情較為剛毅，默默任由眼淚滾落臉頰，這種反應更加說明了悔恨自己犯下或縱容的惡行未必是一句空話。讓我們期盼我們還能及時拯救爺爺奶奶們。

出乎意料的是，共和黨人決定選擇這個微妙的時刻發聲，這也暴露了他們不懂得看時機，真是令人遺憾。他們組了政黨，定期參與競選，但人數並不多，在國會中甚至連一席都沒有。儘管如此，他們仍然吹噓自己有一定的社會影響力，尤其在藝術界和文學圈，不時發表一些宣言，大體寫得不差，但總是平淡無奇，落入俗套。自從死神消失後，他們沒有表現出任何生命跡象，身為所謂的激進反對黨，他們甚至辜負民眾期望，沒有要求政府解釋黑守黨參與運送臨終病人的可恥勾當的傳聞。如今，舉國上下都在焦慮中掙扎，一邊是世界獨一無二的虛榮心，另一邊是與眾不同的深切不安，共和黨利用這樣糾結的情緒，對政權問題提出了或多或少的質疑。顧名思義，他們反對君主制，與君權為敵，所以自認找到了一個必須建立共和國的新論據，而且此事迫在眉睫。他們說，不這麼做會發生一件悖于常理的事，即國家會有一個永遠不死的國王，即使他決定明日因為年齡或精神健康衰弱退位，也還是國王，而他只是第一個，後面會有一連串漫無止境的登基和退位。到頭來會有數不清的國王病榻纏綿，等著永遠不會到來的死神，除非把這些半死不活的國王關在宮殿長廊，否則他們最後會接二連三湧入滿到不能再進去的宗廟，宗廟供奉著終有一死的列祖列宗，如今祖先也只剩下從鉸鏈關節脫落的骨頭或是發黴的乾屍。有固定任期的共和國總統更合乎道理，任期一屆，至多兩屆，然後就可以我行我素，自在逍遙，演講，寫書，參加大會、論壇和座談會，在圓桌會議激辯，到世界各地參加八十場接待會，當裙子再次流行，就裙長發表意見，如果還有大氣的話，便就大氣中臭氧的減少予以置評，總而言之，他可以為所欲為。這總比天天從報紙、電視和廣播獲知一成不變的醫療公告要好，皇家醫院的患者依然沒有變化，有一件事值得注意，皇家醫院已經擴建兩次，即將第三度擴建。皇家醫院是複數，代表跟一般醫院一樣，男女分開，也就是說，國王王子在一邊，皇后公主在另一邊。共和黨人要求人民承擔應有的責任，把命運掌握在自己手中，開創嶄新的生活，墾闢一條撒滿鮮花的新道路，邁向未來的曙光。這一次他們的宣言不單感動了藝術家和作家，其他社會階層也同樣接受了鮮花遍地之路的幸福意象，接受了對未來曙光的召喚，結果呢，準備發動聖戰的新武裝分子提供了絕對超乎尋常的支持，如同一條魚在捕撈前後都是一條魚，民眾尚不知道它將成為歷史之前，這場聖戰就已成為歷史。不幸的是，在隨後的日子裡，這種前瞻前行先知先覺的共和主義的新支持者，他們從口頭表現出的公民熱情，未必如禮貌健康之民主共存理念的要求那樣尊重他人。有人甚至越過粗俗無比的邊界，例如，提起王室殿下時，他們說，他們不準備養驢子或啞獸，讓牠們的鼻子上戴著環，拿海綿蛋糕餵食。有品味的人皆同意，這種話不只不能接受，而且不能原諒。很簡單，只要說國庫無法繼續供養王室及其隨從不斷增加的開支就夠了，人人都能明白。這樣既說了真話，又沒有得罪到任何人。

共和黨人是這麼凶悍地發出攻擊，但更重要的是，文章提出一個叫人擔憂的預測，前述的國家財庫轉眼將無法繼續支付看不見盡頭的老年與身心障礙年金開銷，使得國王不得不通知總理，他們必須來一次開誠布公的單獨對談，不錄音，也沒有見證人。總理按時到達，詢問起王室的健康狀況，特別是太后，太后在新年時已經進入了彌留狀態，但現在和許多人一樣，仍然繼續每分鐘呼吸十三次，只是被褥下的身軀幾乎沒有其他的生命跡象。國王感謝他的關心，說太后靠著血液中流淌的尊嚴忍受著肉體之痛，然後話鋒一轉，提起了待議的問題，首先是共和黨人的宣戰。我實在不明白這群人在想什麼，他說，國家陷入有史以來最嚴重的危機，他們卻要談論政權更迭；哦，這我倒不擔心，陛下，他們只是利用這種情況傳播他們所謂的政體計畫，在內心深處，他們不過是可憐的釣客，在渾濁的水域釣魚；而且，我得說，顯露出自己缺乏愛國心，真是可悲。的確，陛下，共和黨人對這個國家的想法只有他們自己能夠理解，如果他們真的能理解；我對他們的想法絲毫不感興趣，我是想聽聽，如果他們有機會強行改變政權，你有什麼看法；陛下，他們一個國會代表也沒有；我指的是政變，革命；絕對不可能，陛下，人民堅定支持著他們的國王，軍隊也忠於合法的政府；所以我可以安枕了；陛下，你可以放一百二十個心。國王在日記上共和黨這幾個字旁邊打了個叉，說，很好，接著又問，還有，年金發不出去又是怎麼一回事；年金還在發，只是未來能夠繼續發下去的希望確實渺茫；所以我一定是讀錯了，我還以為我們已經暫停發放，可以這麼說吧；沒有，陛下，但正如我所說的，未來確實叫人擔憂；要擔憂哪方面；各個方面，陛下，這個國家可能會像紙牌屋一樣倒塌；難不成我們是唯一陷入這種境地的國家，國王問；不是，陛下，從長遠角度來看，這個問題會影響到每個人，但關鍵在於死和不死的區別，一個根本的區別，請原諒我說得這麼明顯；抱歉，我不太明白；在其他國家，人死很正常，但在這裡，陛下，在我們國家，沒人死亡，想想太后吧，她似乎即將駕崩，但是，不，她仍舊活著，這我們當然開心，但說真的，我沒有誇張，絞索的確已經套在我們的脖子上了；但我聽說有人死了；這是真的，陛下，但那只是滄海一粟，不是所有家庭都願意邁出那一步；哪一步；將他們的死交給負責自殺的組織；但我不明白，如果他們死不了，自殺又有什麼意義呢；這件事說來複雜，陛下；跟我說吧，這裡就我們兩人；陛下，在邊境的另一邊，人仍然會死；你的意思是，這個組織把他們帶去那裡；正是如此；這是一個慈善組織嗎；它稍微幫助我們減少日益增加的瀕死人數，但是，如我之前所說的，只是滄海一粟；這是什麼組織。總理深吸了一口氣才說，是黑守黨，陛下；黑守黨；是的，陛下，黑守黨，有時國家別無選擇，只能找別人來做它的髒活；你從未對我說過這件事；對，陛下，我不想把你捲入，此事責任全由我來承擔；還有那些在邊境的部隊；他們有任務在身；什麼任務；假裝是運送自殺者的障礙，但實際上不是障礙；我還以為他們要阻止外敵入侵；從來沒有過這樣的危險，而且我們已經和那些國家的政府達成了協議，一切都在控制之中；除了年金問題；除了死亡的問題，陛下，如果不重新開始死人，我們沒有未來。國王在年金兩個字旁邊畫了個叉，說，有些事必須發生；的確，陛下，有些事必須發生。

祕書走進辦公室時，這封信已經在總監的桌上。信是紫羅蘭色的，因此很不尋常，紙張還壓印了類似亞麻布的紋理。看起來有種古風，感覺是以前人用的。沒有地址，沒有寄件人的地址，這種事偶爾會發生，也沒有收件人的地址，這卻是前所未有，它是在一間辦公室裡被人發現的，辦公室上鎖的門剛剛才打開，夜間不可能有人進入。她把信封翻過來，看看背面是否寫著什麼，祕書忍不住想，當她把鑰匙插進鎖裡轉動時，信並不在那裡，又隱隱約約感覺，這樣的想法或感覺很荒謬。荒謬，她喃喃地說，我一定是昨天離開時沒有注意到。她環視了一下房間，確定一切井井有條，然後回到自己的辦公桌。她身為祕書，且是機要祕書，有權拆開任何一封信，包括這封信在內，更何況上頭沒有標籤表明它包含機密資料，也沒有說是私人、不公開或機密來函，但她沒有打開，她自己也不明白為什麼。她兩度從椅子上站起來，把辦公室的門開了一條縫。信封仍然在那裡。我要瘋了，她想，一定是顏色的關係，真希望他快點來結束這個謎。她指的是她的老闆，也就是電視臺總監，他遲到了。直到十點一刻，他才姍姍來遲。他這人話不多，只說了聲早安，就直接進了他的辦公室，命令祕書五分鐘後去找他，他認為他需要五分鐘時間來靜下心，點燃當天的第一根菸。祕書走進房間時，總監外套還沒脫，菸也還沒點。他手上拿著一張與信封同色的紙，兩隻手都在顫抖。祕書走近桌子，他轉向她，但好像沒有認出她來。他舉起一隻手阻止她靠近，用一種似乎從別人喉嚨發出的聲音說，立刻出去，關上那扇門，不許任何人進來，誰都不許進來，你聽明白了，不管是誰都不許進來。祕書殷勤地詢問是否有什麼問題，他卻氣沖沖地打斷她，聽到我說的話嗎，他說，我叫你出去。他幾乎用吼的，又說，出去，立刻出去。這個可憐的女人退了出去，眼裡噙著淚水，她不習慣這樣的行為，的確，跟其他人一樣，總監也是有缺點，但他平日都彬彬有禮，沒有把祕書當成出氣筒的習慣。她想，與那封信有關，沒有別的解釋，她一邊想，一邊找手帕擦乾眼睛。她猜中了。如果她現在膽敢再進那間辦公室，會看到總監憤怒地在辦公室來回踱步，臉上帶著激動不已的表情，似乎不知道如何是好，同時卻又明明白白，他，只有他，可以做到。他看了眼手錶，又看了看那張信紙，低聲細語，幾乎是自言自語地說，還來得及，還來得及，然後坐下來重讀神祕的來信，同時另一隻手機械地撫摸著自己的腦袋，像是要確保項上人頭還在，沒有被揪著他肚子的恐懼漩渦給吞噬掉。他放下信，坐著發呆，心想，我得找個人談談，接著想到一個可以替他解圍的主意，這封信或許是個笑話，一個不入流的笑話，出自一個滿腹牢騷的觀眾，這樣的觀眾多不勝數，而這一個甚至有著非常可怕的想像力，電視界的高層都知道，這裡絕對不是什麼安樂窩。不過觀眾通常不會寫信給我發洩不滿，他想。不用說，這個想法最後讓他拿起電話詢問祕書，這封信是誰拿來的；我不知道，總監，我跟平常一樣，到了之後打開你辦公室的門鎖，信就已經在那裡了；但那是不可能的，晚上沒有人可以進入這間辦公室；沒錯，總監；那你怎麼解釋；別問我，總監，我想解釋情形，但你沒給我機會；對不起，我剛才對你態度有點粗魯；沒關係，總監，但那讓我很難過。總監再次失去耐心，如果我告訴你這封信裡的內容，你就會知道什麼才是真正值得難過的。他掛了電話。他又看了看手錶，然後對自己說，只有這個辦法了，我想不到別的，有些決定不是由我來做。他翻開通訊錄，尋找想找的號碼，找到了，他說。他的手仍然抖得很厲害，所以很難按下正確的按鈕，當有人接起電話時，他更難控制自己的聲音，麻煩幫我接總理辦公室，我是電視臺總監。內閣祕書接起電話說，早安，總監，很高興聽到你的聲音，有什麼可以效勞的地方；我必須儘快跟總理見面，有一件十二萬分火急的事；能否告訴我是怎麼回事，我好提前讓總理知道；非常抱歉，不能告訴你，這件事迫在眉睫，也必須嚴格保密；跟我說個大概就好；聽著，我手上有一份文件，只被有朝一日會被大地吞噬的眼睛看過，這份文件對全國上下都非同小可，如果我這麼說還無法使你讓我直接聯繫總理，無論他在哪裡，我都會非常擔心你的個人和政治前途；所以是很嚴重的事；我只能說，從現在開始，每浪費一分鐘，你都要負起責任；那樣的話，我看看能做些什麼，但是總理很忙；如果你想給自己弄個獎牌，讓他別忙吧；我立刻去辦；好，我在線上等；我可以再問你一個問題嗎；哎喲，真是的，還想知道什麼；有朝一日會被大地吞噬的眼睛，那是以前的情況，你為什麼要用這個比喻；聽著，我不知道你以前是什麼，但我知道你現在是什麼，十足的白癡，快去幫我接通總理的電話，馬上。總監出乎意料的嚴厲言辭顯示他精神飽受困擾。他陷於一種困惑之中，他不了解自己，他不明白他怎麼會羞辱一個不過是問了他問題的人，而這個問題無論從措辭還是意圖上都是完全合理。我必須道歉，他懊悔地想，誰知道我哪天會需要他的幫助呢。總理的聲音聽起來很不耐煩，怎麼了，他問，據我所知，我通常不處理與電視有關的問題，那不關我的事；跟電視無關，總理，我收到一封信；他們的確提到你收到一封信，你想讓我怎麼做；只是讀一下而已，借用你的話，此外就不關我的事；你似乎很苦惱；沒錯，總理，我苦惱極了；這封神祕的信說了些什麼；我不能在電話中告訴你；這條電話線很安全；我還是不能告訴你，小心駛得萬年船；那送來給我吧；不，我得親手送過去，我不想冒險派信使；那好，我從這裡派個人去拿，比如我的內閣祕書，他和我的關係是最親密的；總理，拜託，如果不是有充分的理由，我是不會打擾你的，我一定得見你；什麼時候；現在；但我很忙；總理，拜託；好吧，你這麼堅持，那就來吧，但願這個謎團有這個價值；謝謝，我馬上到。總監放下電話，把信放進信封，塞進大衣的內袋，然後起身。他的手已經不再顫抖，臉卻在滴汗。他拿手帕擦了擦汗，然後用內線跟祕書通話，告訴她他要出去，要她叫車。把責任交給另一個人後，他稍稍平靜下來，半小時後，他在這件事上的任務就結束了。祕書出現在門口，總監，車子已經準備好了；謝謝你，我不確定要出去多久，我要去面見總理，這件事就你一個人知；別擔心，總監，我不會說出去的；再見；再見，總監，但願一切都有最好的結果；在目前的狀況下，我們已經不知道什麼是最好的，什麼是最壞的；你說得對；順便問一下，你爸爸情況怎樣；老樣子，總監，他好像已經沒有痛苦了，只是日漸消瘦，軟弱無力，他這個情形已經兩個月了，這樣下去，早晚輪到我躺到他床邊的床上；誰知道呢，總監說完就走了。

內閣祕書在門口歡迎總監，以明顯的冷淡態度向他問好，然後說，我帶你去見總理；等一下，首先我要道歉，如果我們的談話中有一個人是十足的白癡，那人是我；或許不是你，也不是我，內閣祕書微笑著說；如果你能讀一讀我口袋裡的東西，你會明白我的心境；別擔心，我已經原諒你了；謝謝，用不了多久，炸彈就會爆炸，到時所有人都會知道；希望爆炸不會發出太多的噪音；這聲響會比有史以來最響亮的雷聲還要響亮，比有史以來最明亮的閃電還要明亮；你開始讓我覺得害怕了；到那時，我的朋友，我相信你會再次原諒我；來吧，總理在等著呢。他們穿過一個房間，這種房間在很久以前被稱為候見室，一分鐘後，總監到了總理面前，總理含笑迎接他，你給我帶來這個生死攸關的問題是什麼；恕我直言，總理，我想你從未說過這麼貼切中肯的話。他從口袋裡掏出信，隔著桌子遞給他。總理一頭霧水，上面沒有寫收件人；也沒有寄件人的名字，總監說，像是一封寫給每個人的信；匿名信；不是匿名信，總理，你讀了就知道，信末有簽名，讀吧，請快讀一讀吧。總理慢條斯理打開信封，展開了信紙，但只讀了頭幾行就抬起頭說，一定是有人在開玩笑；有可能，但我認為不是，它出現在我的桌子上，沒人知道是怎麼出現的；那似乎不是我們應該相信信中所言的好理由；請繼續往下讀。讀到了信末，總理緩緩無聲地移動嘴唇，發出署名的那兩個音節。他把信放在桌子上，盯著對面的總監說，讓我們想像一下，這只是一個玩笑；這不是玩笑；不是，我也傾向於相信不是玩笑，但我說讓我們想像一下，只是推斷我們用不了幾個小時就能找出答案；確切地說，十二個小時，因為現在是正午；這正是我的看法，如果這封信告訴我們將要發生的事情果真發生，如果我們不警告民眾，新年前夜發生的事就會再次發生，只不過恰好反過來；警不警告民眾沒有差別，總理，影響不變；但是相反的影響；是相反的影響，但還是一樣；沒錯，所以如果我們警告他們，結果發現這只是個玩笑，我們會引發民眾無謂的擔憂，雖然這個形容是否貼切還有得討論；不，不，我真的不認為值得這麼做，而且你已經說了，你不認為這是一個玩笑；我確實不這麼認為；那麼，該怎麼做呢，是警告還是不警告；這正是重點，親愛的總監，我們必須思考、斟酌、考慮；這件事現在掌握在你手中，總理，決定權在你手中；的確，我甚至能把這張紙撕成一千片，然後等著看會發生什麼；但我認為你不會這麼做；你說得對，我不會這麼做，但必須做出決定，光說應該警告民眾還不夠，我們必須思索要如何警告他們；這就是媒體的功用，總理，我們有電視、報紙、廣播；那麼，你的想法是，我們向所有不同媒體分發這封信的影本，還有政府公報，呼籲民眾保持冷靜，並且提出一些應對緊急情況的建議；你的口才比我好得多；謝謝你的讚美，但現在我必須請你試著想像一下，如果我們真的那樣做，會發生什麼；呃，我不明白，總理；啊，我對電視臺總監的期望不只這樣而已；那麼實在是抱歉，我無法臨機應變，總理；這是很自然的，這個責任把你壓得喘不過氣來；你卻沒有，總理；我也一樣，但在我的情況下，喘不過氣並不代表不知所措；國家大幸；再次謝謝你，總監，我知道我們以前沒什麼溝通機會，因為一般來說，當我討論電視時，我會和相關部長討論，但我覺得是時候讓你成為全國矚目人物了；現在我真的不明白了，總理；很簡單，今晚九點以前，這件事只有你知我知，到了九點，電視新聞一開始將宣讀官方公報，公報會解釋今晚午夜將發生的事，以及信的摘要，而負責這兩件事的人，就是電視臺總監了，首先，因為這封信是寄給他的，雖然信上沒有提到他的名字，第二，因為你，電視臺總監，我相信你可以讓我們兩人完成簽署這封信的那位女士暗中委託的任務；新聞播報員會做得更好，總理；我不要新聞播報員來做，我要電視臺總監來做；如果你這麼希望，我就把這當成一種榮幸吧；只有我們知道今晚午夜會發生什麼事，在大眾收到消息之前，這件事只有你我知道，如果我們按照你之前的建議去做，也就是立刻將消息告知媒體，我們會有十二個小時的困惑、恐慌、混亂與集體歇斯底里，誰知道還會發生什麼，因此，既然我們無力避免這類反應，我說我們，指的是政府，至少我們可以把時間縮減到三個小時，在那之後，情況也就超出我們的控制範圍，屆時會有各種各樣的反應，眼淚、絕望、偽裝的解脫、重新思考生活的必要；這似乎是個好主意；沒錯，但只是因為我們沒有更好的主意。總理再次拿起信，掃了一眼，但並沒有讀，然後說，很奇怪，簽名的首字母應該是大寫，但它不是；對，我也覺得奇怪，以小寫字母作為名字的開頭，這很不尋常；確實不尋常，對了，你會操作影印機嗎；唔，我不是專家，但用過幾次；太棒了。總理把信和信封放進一個塞滿文件的文件夾，喚來內閣祕書，對他說，把放影印機那個房間的人全部疏散；那是公務員工作的地方，總理，那是他們的辦公室；好吧，叫他們去別的地方，叫他們在走廊裡等，或者出去抽根菸，我們只需要用三分鐘，對吧，總監；連三分鐘都不用，總理；聽我說，如果我猜得沒錯，你們要影印文件，內閣祕書說，這件事可以由我來做，我保證絕對保密；我們確實想要保密，但這一次，我要在技術的幫助下，也就是在總監的幫助下，親自完成這項工作；沒問題，總理，我會下達必要的命令，讓所有人離開房間。他幾分鐘內就回來了，總理，房間已經清空了，現在，如果你准許的話，我就回到我的辦公室；我非常高興，我不必開口要求你迴避，我們把你排除在這些明顯的陰謀詭計之外，請別因此感到不快，今天晚上你就會知道我們這麼謹慎的理由，不需要我來告訴你；當然，總理，我絕不會懷疑你的動機是否明智；就是這種精神，我的朋友。內閣祕書離開後，總理拿起文件說，好，我們過去吧。房間空無一人。不到一分鐘，影印本準備好了，逐字不差，不同的是，少了紫羅蘭色的信紙那種令人不安的感覺，現在它只是一封普通的信，開頭寫著真心期盼收信的你平安幸福，有家人的陪伴，至於我，我自然不能有所怨懟的那種信。總理將影印本交給總監。給你，原本的信就由我留著，他說；公報呢，我什麼時候會收到；坐下，我口述給你聽，不用花什麼時間，內容很簡單，親愛的同胞，政府認為有責向全國人民通報今天才收到的一封信，我們無法保證其真實性，但這封信的意義和重要不容置疑，我們不希望信中的內容發生，也必須承認，信中宣布的內容可能不會成為現實，然而，為了讓民眾有心理準備，面對一個不乏緊張與危機的局勢，在政府的批准下，這封信現在將由電視臺總監宣讀，最後還有一句話，毫無疑問，政府將一如既往關心人民的利益和需求，在我們成為一個民族和國家以來，這無疑將是我們經歷過的最困難的時刻，正是因為這個原因，我們呼籲所有人，保持年初以來我們承受各種考驗時展現的冷靜和鎮定，同時，我們相信，一個更加仁慈的未來將恢復我們應得且曾享有的和平與幸福，親愛的同胞們，請記住，我們團結一心，這是我們的座右銘，我們的口號，如果我們保持團結，那麼未來必定是我們的，就這樣，你看，不用多少時間，這種官方公報用不著什麼巨大的想像力，你可以說它們是自己寫出來的，那邊有打字機，打一份出來，妥善保管到今晚九點，一刻也不要讓這些文件離開你的視線；別擔心，總理，我非常清楚此刻的責任，我相信你不會失望的；好極了，現在你可以回去工作了；在我離開之前，能否提出兩個問題；請說；你說，今晚九點以前，只有兩個人知道這件事；沒錯，你和我，沒其他人知道，就連內閣也不會知道；國王呢，請原諒我在不該插手的地方插手；國王陛下會在其他人發現的時候發現，當然，如果他碰巧看了電視；我想，如果之前沒人告訴他，他肯定不會很高興；別擔心，所有國王都有一個共同的優秀特質，不用說，我指的是立憲君主，就是特別善解人意；哦；你的另一個問題呢；其實也不算是問題；那是什麼；只是，坦率地說，我對你的冷靜感到驚訝，在我看來，這個國家在午夜要發生的事情是一場災難，無與倫比的浩劫，類似世界末日，但當我看著你時，你就好像只是在處理一些例行政務，你平靜地下達命令，剛才我甚至覺得你在微笑；如果你知道，我不用動一根手指，這封信就會為我解決多少問題，我相信你也會微笑，總監，好，讓我工作吧，我有幾個命令要發布，我必須告訴內政部長讓警察高度戒備，我會想出一些合理的藉口，比如可能發生公共騷亂，他是一個不會浪費時間思考的人，他喜歡行動，給他點事做，他就會很快樂；總理，請允許我說一句話，能和你一起度過這個關鍵的時刻，我感到非常榮幸；好，很高興你這麼想，但你可以確信，如果你或我在這間辦公室裡說過的話，有一個字傳到了這四面牆之外的人的耳朵裡，你很快就會改變主意；我明白；比如立憲君主的耳朵；了解，總理。

幾乎八點半，總監才把負責電視新聞的人叫到辦公室，他告訴他，當晚節目一開始要播報一條政府向全國傳達的訊息，一如既往，由輪值的新聞廣播員宣讀，接著他本人，也就是總監，會宣讀另一份文件，補充第一份文件。製作人即使發現這個程序很奇怪，不尋常，脫離了常規，也沒有表現出來，他只是要求拿到這兩份文件，放到提詞機上，提詞機是一種奇妙裝置，創造出虛幻的假像，好像講話的人是單獨向每一位聽眾直接說話。總監回答說，這一回不用提詞機，我們就簡單地讀出來，像以前那樣，他又說，他會在八點五十五分準時進攝影棚，把政府公報交給新聞播報員，新聞播報員會得到嚴格的指示，但只有即將播報以前才能打開收著指示的文件夾。製片人認為，現在確實有理由對這件事表現出一點興趣，有那麼重要嗎，他問；半小時後你就知道了；那國旗呢，總監，要不要在你要坐的那張椅子後面放國旗；不用國旗，畢竟我也不是總理，甚至不是什麼部長；也不是國王，製片人帶著討好的微笑說，好像在說他是國王，電視臺的國王。總監不理他，你可以走了，我二十分鐘後進攝影棚；那來不及化妝了；我不想化妝，我要讀的內容很短，觀眾到時會想著別的事，不會管我有沒有化妝；好，總監，就照你的意思辦；但燈光千萬不要在我臉上投下太多的陰影，我不想在螢幕上看起來像剛從墳墓裡被挖出來的人，尤其是今晚。八點五十五分，總監走進攝影棚，把包含政府公報的文件夾交給新聞播報員，走去坐在他該坐的椅子上。你應該料得到，消息飛快傳開，這是前所未見的情況，攝影棚吸引了比平日還要多的人。製片人叫大家安靜。九點整，在熟悉的主題音樂的伴奏下，新聞節目的緊急開場標題閃現，五花八門的影像快速移動，想讓觀眾相信電視臺二十四小時為他們服務，如同傳說中的神祇，無處不在，並從四面八方傳來消息。新聞播報員朗讀完政府公報，二號攝影機便將總監帶上螢幕。他顯然緊張不已，嘴巴發乾。他略清了嗓子，開始朗讀，親愛的先生，謹通知你和所有有關人士，從今晚午夜開始，人類又將開始死亡，一如創世以來，直到去年十二月三十一日，鮮有異議，我應該解釋我中斷活動，停止殺戮，放下想像力豐富之畫家和雕刻師總是放在我手中的象徵性鐮刀的原因，目的就是讓對我深惡痛嫉的人嘗一嘗長生不老永垂不朽的滋味，不過，先生，有件事別告訴別人，我必須承認我不知道這兩個表達方式，長生不老和永垂不朽，是否為一般所認為的同義詞，總之，在可以稱為耐力測試或只是額外的時間的幾個月之後，我牢記著實驗的可悲結果，無論是從道德，即哲學角度，還是從實用，即社會角度，我覺得對家庭與整個社會縱橫雙向發展最好的做法是，公開承認我的錯誤，宣布立即恢復正常，因此所有當死但無論健康與否仍留在世上的人，在午夜最後一聲鐘鳴消失在空氣中時，他們生命的燭光也將被吹滅，請注意，最後一聲鐘鳴的說法只是比喻，以免有人產生愚蠢的想法，讓所有鐘樓的大鐘停止走動，或者拆下鐘錘，以為如此便能停止時間，化解我言之不渝的決定，我已經決定了，我要恢復人類心中至高的恐懼，這時攝影棚大多數人都跑掉了，剩下的竊竊私語，他們的嘰嘰喳喳沒有激怒製作人，他自己也詫異地站在那裡，下巴都快掉下來了，換成平日沒那麼戲劇性的情況，他往往怒不可遏，狂打手勢要他們安靜下來，因此，認命吧，無怨無悔地赴死，因為抗議也無用，然而，有一點我覺得我有責任承認我錯了，就是我過去採取殘忍不公的方式，沒有事先警告，就悄悄奪走人們的生命，甚至連一句請允許都沒有，我意識到這非常殘忍，我通常甚至也不給他們時間起草遺囑，不過在大多數情況下，我確實給他們送去了疾病鋪路，但疾病的奇怪之處在於，人總是盼著能夠擺脫它們，所以意識到這是他們最後一場病痛時，為時已晚，總而言之，從現在開始，每個人會收到應有的警告，有一週時間將剩餘生活安排妥當，立下遺囑，與家人告別，請求原諒所犯的任何錯誤，與二十年來沒說過話的表弟和解，說到這裡，總監，我只有一個要求，你務必在今天讓家家戶戶收到這個消息，我以我通常被呼之的名字簽字署名，也就是死神。總監看到自己的形象從螢幕上消失後，從椅子站起來，把信摺好，放進外套內側口袋。他看到製片人向他走來，臉色蒼白，心神不寧，原來是這樣，他用幾不可聞的聲音說，原來是這樣。總監默默點了點頭，朝出口走去。他沒有聽到新聞廣播員開始結結巴巴地宣布，感謝你以上的收聽，接下來他所播報的其他新聞已經不再重要，因為全國沒有一人會關心，在絕症患者的家庭中，家屬團團圍著臨終者，但他們卻不能告訴臨終者，三個小時後他就會死去，他們不能告訴他，他應該利用剩下的時間來寫他一直拒寫的遺囑，也不能問他是否想打電話給他的表弟，與他和解，他們也不能遵循虛偽的習慣，問他是否感覺好些了，他們只是站著盯著蒼白憔悴的臉，偷偷瞥了一眼時鐘，等待時間流逝，等待世界列車重返軌道，進行正常的旅程。還有一些家庭已經付錢給黑守黨，讓他們帶走可憐的殘體，誤以為他們大概不會因為已花的金錢流下淚，現在可明白了，如果他們慈悲多一點，耐心多一點，不花一毛即能擺脫掉他。

街上到處都是可怕的景象，民眾杵在原地不動，或是嚇呆了，或是迷失了方向，不知道該往哪裡跑，有人痛哭流涕，有人抱在一起，彷彿決定就在那裡開始告別，還有人討論一切責任應該歸於政府、醫學還是羅馬教皇。一個懷疑論者抗議說，以前沒有死神來函的紀錄，應該立即送去筆跡分析家那裡，他說，一隻只靠碎骨組成的手，絕對無法像一隻完整真實活生生的手那樣寫字，因為這樣的手才有血液、靜脈、神經、肌腱、皮肉，另外，骨頭顯然不會在紙上留下指紋，所以無法藉由指紋辨識信的作者，如果死神是一個生命，一生始終保持沉默直到此時，那麼這一封出自一個生命的意外來信，DNA檢驗也許能幫上忙。此時此刻，總理正在與國王通電話，解釋他何以決定不告訴他這封信的事，國王說，他完全理解，然後總理對他說，午夜的最後一聲鐘鳴將結束太后懸於一線的生命，他對這個悲傷的結局感到非常難過，國王聳了聳肩，這樣活著根本不叫活著，今天是她，明天輪我，何況王儲已經表露出不耐的跡象，詢問什麼時候輪到他來做立憲君主。這段私密的通話穿插著罕見的真心，之後總理指示內閣祕書召集全體政府要員，召開緊急會議，給他們四十五分鐘，十點整到這裡集合，他說，為儘量減少未來幾天新形勢不可避免引發的混亂騷動，我們必須討論必要的權宜之計，予以通過或加以實施；總理，你是指在這麼短的時間內必須處理的死亡人口嗎；那倒是我們最小的問題，我的朋友，葬儀社存在就是為了解決此類問題，況且他們的危機解除了，因為他們計算著自己將賺多少錢，開心都來不及呢，所以死人就讓他們去埋葬吧，畢竟那是他們的工作，我們需要處理的是活人的問題，例如，組織精神病學家團隊，協助民眾走出必有一死的創傷，因為他們本來還以為自己會永遠活著；沒錯，我自己也是這麼想，確實很難接受；別再浪費時間，通知各部長，把他們各自的國務祕書也帶來，我希望他們在十點鐘準時到達，如果有人問起，就告訴他們，他們是第一個被召喚的人，這些人就像討糖吃的小孩子。電話響起，是內政部長打來的，總理，每家報社都打電話來找我，他說，他們要求看看剛剛在電視上以死神名義宣讀的信，而我，很遺憾，對此一無所知；沒什麼好遺憾，是我自作主張決定保守祕密，才不必忍受十二個小時之久的恐慌和混亂；那我該怎麼辦；別擔心，我的辦公室現在會把這封信分發給所有媒體；太好了，總理；內閣將在十點準時開會，請帶你的國務祕書一塊來；副祕書也一塊去嗎；不用，讓他們留守，我常聽人說，人多壞事；好，總理；要準時，十點一分開始開會；我們會第一個到，總理；你一定會得到你的勳章；什麼勳章；開個玩笑而已，別在意。

同一時間，殯葬業代表，做土葬的，做火葬的，做告別式的，做二十四小時服務的，通通在工會總部開會。全國將有數以萬計的民眾同一時刻斷氣，隨後的喪葬事宜給這一行帶來前所未有的巨大挑戰，面對這個挑戰，他們唯一能想出的真正解決之道，是透過井然有序的協調，集中所有人力和技術手段，此舉也有望合理地降低成本，進而獲得高額利潤，換句話說，經由他們的調度指揮，物流部門會沿路分配各行號所分得的大餅比例，工會理事長如此輕描淡寫，工會成員聽了不禁覺得好笑，但給的掌聲相當謹慎。他們必須記得幾件事，比方說，在人停止死亡的那一天，供人使用的棺材、墓碑、靈柩、壽板和安魂架也跟著停止生產，萬一某思想保守的木匠店裡還有存貨，它會像馬萊伯[4]詩中的小玫瑰花蕾，一旦變成一朵玫瑰，就活不過一個早晨。這一文學比喻來自理事長，他接著說了一句相當破壞氣氛的話，但還是引起全場的掌聲。起碼我們不必再忍受不得不埋葬狗、貓、寵物金絲雀的屈辱；還有鸚鵡，後面有一個聲音說；沒錯，還有鸚鵡，理事長同意；還有熱帶魚，另一個聲音補充道；會議祕書說，那是在水族缸水面盤桓的精靈引起爭議之後才有，從現在開始，那些死魚就直接扔給貓吧，因為拉瓦節[5]說得好，在自然界中，沒有什麼是創造的，也沒有什麼是失去的，一切都在轉變。我們從來沒有發現殯葬業者能把曆法智慧發揚到什麼極致地步，一位代表擔心時間，他的錶顯示再十五分鐘就午夜了，他舉手提議打電話去木匠協會，問他們

---

4 馬萊伯（François de Malherbe, 1555-16280），文藝復興時期法國詩人。

5 拉瓦節（Antoine-Laurent de Lavoisier, 1743-1794），法國貴族化學家，有「近代化學之父」之稱。

有多少棺材，我們得知道從明天起可以指望拿到多少貨，他總結說。不出所料，這項提議受到熱烈的歡迎，但理事長幾乎不加掩飾不滿情緒，他說，這個時候可能沒有人在那裡；請允許我有不同意見，理事長先生，讓我們齊聚一堂的理由，鐵定也讓他們齊聚一堂了。這人說得一點也沒錯。木匠協會回應，他們一聽到宣讀死神的信，就通知了成員，提醒他們必須儘快重新開始製造棺材，根據不斷傳來的消息，許多商家立即動員人力，大多數商家也已經在加緊趕工。這當然違反了工時法，工會發言人說，但鑒於國家處於緊急狀態，我們的律師相信政府將別無選擇，只能對此視而不見，並且還得感激我們，我們只是不能保證第一階段提供的棺材能達到客戶習慣的品質做工，抛光、清漆和棺蓋上的十字架，必須等到喪葬壓力開始減弱的第二階段才能做，儘管如此，我們還是體認到自己在這件事上擔任重要角色，我們有責任在身。殯葬業代表的聚會響起更多更熱烈的掌聲，這下確實是該相互道賀了，沒有屍體不被埋葬，沒有發票不被支付。那掘墓工人怎麼辦，提出建議的那人問，掘墓工人就照吩咐去做，理事長煩躁地回答。未必盡然。另一個電話打來，掘墓工人要求大幅加薪，加班費是現行工資的三倍。那是地方議會的問題，理事長說，讓他們去解決。要是我們到了公墓，卻沒有人來挖墳怎麼辦，祕書問。大家繼續脣槍舌劍。二十三小時五十分時，理事長心臟病發作。在午夜最後一次鐘聲敲響時，他一命嗚呼。

這不只是一場大獻祭。死神單方面休戰七個月，這七個月產生了一份六萬多人的待死名單，準確的數字是六萬兩千五百八十人，全在一剎那安息了，這個充滿致命力量的一刻，只有某些應受譴責的人類行為才能與之相比。對了，這裡應該提一提死神，她單槍匹馬，沒有外力幫助，但她所帶走的性命永遠多不過人類殺死的。一些好奇的人可能會想，我們是如何得出六萬兩千五百八十人同時永遠闔眼的精確數字。容易得很。我們知道，發生這個情況的國家有大約一千萬居民，死亡率是千分之十左右，兩個簡單、更不用說是基本的算式，一乘一除，當然還要把每年每月的平均率考量進去，然後得到一個狹窄的數值範圍，範圍內的數字都會是一個合理的平均值，我們說合理，因為如果不是殯葬工會理事長意外猝死，給我們的計算添來了一絲的懷疑，兩頭的數字我們都可以選擇，六萬兩千五百七十九或者六萬兩千五百八十一。然而，我們相信，從第二天早上開始的死亡人數統計將證實我們的計算非常準確。另一種好奇心強的人，就是那種老是打斷別人說話的那種人，會想知道醫生怎麼知道該去哪一間房子執行任務，如果沒有這項任務，沒有一個死者能被視為合法身亡，即使他們死得無庸置疑。不用說，在某些情況下，死者的家人會請臨時代班的醫生或他們的家庭醫生上門，但這顯然不夠，必須設法在創紀錄的時間讓一個完全反常的情況置在政府機關管轄之下，才能避免再度驗證禍不單行這句話，這句話如果用在這種情況下，代表家中不只有人猝然離世，而且還很快就發臭了。這些事件繼續顯示，一個總理爬到如此高的位置絕非偶然，正如各民族無懈可擊的智慧一次又一次地證明，什麼樣的人民就配有什麼樣的政府，雖然有一句話得說，總理確實都不盡相同，無論是好是壞，但各個民族也是如此。一句話，是好是壞，得看情況。如果你多用幾個字來說，那就是誰也說不準。你會看到，隨便誰來觀察，即使是一個不傾向做出公正判斷的人，都會毫不猶豫地承認，政府證明了自己能夠應對這種嚴重的情況。誰都忘不了，在一開始那段有趣但短暫的不死日子裡，人們天真地沉醉在喜悅之中，有一位女士，一位新寡的婦人，為了慶祝這個新發現的幸福，在餐廳的花壇陽臺上掛起了國旗。我們也會想起，在不到四十八小時的時間裡，這種習俗傳遍了全國，如野火燎原，如瘟疫爆發。經過七個月持續難熬的失望後，這些國旗很少還懸掛在外，即使還在，也成了垂頭喪氣的破布，日曬雨淋，顏色盡褪，旗中間的標誌現在只剩一個模糊圖案，令人唏噓。

現在，政府表現出叫人欽佩的遠見，不只採取新的緊急措施，減輕死神意外返回所造成的附帶損害，更幫國旗找到了新用途，左邊三樓公寓掛出國旗，那就表示有一個死人躺在那裡等著。被可惡透頂的命運女神所傷的家庭，聽了指示，派一個成員去店裡買面新的回來，懸掛在窗口，一邊幫死者拂去臉上的蒼蠅，一邊等著醫師來開立死亡證明。不得不承認，這個想法不只有效，還別有一番風雅。每個城市、小鎮、村子或聚落的醫生，或開車，或騎單車，或安步當車，只需要在街上徘徊尋找旗幟，就知道該去哪一戶人家，由於情況緊急，事態嚴重，也不能更仔細檢查了，在沒有器械的協助下，純粹透過目視檢查，確認死亡，留下一張簽了字的文件，讓殯葬業者能夠對於其原料的狀態感到安心，不會如諺語所說，到死人的家沒吃到羊肉，反而還惹了一身騷。如你所意識到的，國旗的這種巧妙運用有雙重目的和雙重優勢。起初，它是醫生的嚮導，後來成為前來處理屍首的人員的燈塔。在較大的城市，尤其是首都，鑒於該國相對較小的國土面積，它算是一個幅員遼闊的大都會，這些城市根據不幸的殯葬工會理事長的精闢建議，劃分為若干區域，以便按比例分配大餅，在這場與時間的賽跑中，替搬運屍首的人提供了極大的方便。懸掛國旗還有另一種意想不到的影響，我們按部就班致力培養懷疑主義心態，它卻揭露了我們在這方面錯得太過離譜，有些公民深具美德，尊重最根深蒂固的禮貌社會行為傳統，每當他們戴著帽子經過掛著國旗的窗戶時，就會摘下帽子，空中於是浮起了一個可愛的問號，他們脫帽致意是因為有人死了，還是因為國旗是國家神聖鮮活的象徵呢。

不用說，報紙銷量直線上升，甚至比死亡似乎是過去的事情時賣得更好。顯而易見，許多人從電視得知降臨在他們身上的災難，許多人甚至有死去的親人在家裡等待醫生的到來，外面陽臺上還有一面旗幟在哭泣，但我們很容易理解，總監昨晚在小螢幕上緊張講話的畫面，與這些驚心動魄躁動不安的報章版面有所不同，它們採用感嘆句型，印著世界末日似的醒目標題，還可以摺起來，收到口袋帶回家，閒暇沒事時再拿出來讀一讀，我們非常樂意在這裡舉幾個比較引人注目的例子，〈天堂之後，地獄降臨〉，〈死神領舞〉，〈不朽但不久〉，〈二度死刑〉，〈將死〉，〈從現在起，事先警告〉，〈沒有上訴，沒有希望〉，〈紫羅蘭色的來信〉，〈不到一秒，六萬兩千人死亡〉，〈死神午夜來襲〉，〈在劫難逃〉，〈走出夢境，進入夢魘〉，〈重返常態〉，〈我們到底做了什麼，應當受到這樣的責罰啊〉諸如此類。所有報紙，無一例外，都在頭版轉載死神的來信，有份報紙為了方便閱讀，將內文用十四號字體重新排列印刷在一個方框中，修改了標點句法，調整了動詞時態，必要時還用上了大寫字母，包括最後的簽名，簽名由小寫d死神變成了大寫D死神，不過是一個耳朵聽不出來的小小修改，卻在同一天再次引起來信者本人的激憤抗議，使用了相同的紫羅蘭色信紙。根據該報諮詢的語法學家的權威意見，死神就連最基本的寫作技巧都掌握不了。他說，還有字跡，不規則到了出奇的地步，像是綜合所有已知拉丁字母的組成方式，包括可能的和異常的，像是每個字母都是由不同的人所寫，但這可以原諒，甚至可以認為只是一個小缺點，因為還有更嚴重的，那就是句法混亂，句號遺漏，完全沒有必要的括號，強迫似地刪除段落，任意使用逗號，還有最不可饒恕的罪行，就是近乎惡魔般地刻意廢除大寫字母，你能想像嗎，連在信件的實際簽名中也不用大寫字母，由一個小寫d來取代。這是恥辱，這是侮辱，語法學家繼續問道，死神有幸能夠親眼見到昔時的偉大文學天才，竟寫出這樣的文章，要是我們的孩子選擇模仿這麼一個語言學怪胎，藉口是死神已經存在千年萬載，應該上知天文下知地理，那該如何是好。語法學家總結道，這封駭人的信通篇語法錯誤，如果不是因為殘酷的現實和痛苦的證據表明，可怕的威脅已經成為現實，我會以為這是一場龐大卻笨拙的信心騙局。我們前面提到，當日下午一封來自死神的信送到了報社，以最強烈措辭要求恢復她名字的原始拼法，親愛的先生，她寫道，我不是大寫D死神，我是小寫d死神，大寫D死神是你根本無法想像的，請注意，語法先生，我並沒有用介詞來結束這句話，你們人類只知道我這個小小的日常死神，即使在最嚴重的災難中，也無法阻止生命延續的小寫d死神，總有一天，你會發現大寫D死神，而在那一刻，在她不大可能給你時間這樣做的情況下，你會明白相對和絕對之間、滿和空之間、仍然活著和不再活著之間的真正區別，我說真正區別，指的是單純語言永遠無法表達的東西，相對的、絕對的、滿的、空的、仍然活著和不再活著，因為，先生，如果你不知道的話，文字是會移動的，它們每天都在改變，它們像影子一樣飄忽不定，它們本身就是影子，既是影子，也不再是影子，是肥皂泡，是連絮語都聽不見的貝殼，不過是樹樁罷了，這些資訊免費給你，另一方面，你還是去關心怎麼向你的讀者解釋生死的原因和意義吧，現在，回到這封信的最初目的，這封信與電視宣讀的那封信一樣，都由我親手撰寫，我要求貴方依照新聞法法規，在同一版面，以同一大小字體，糾正每一個錯誤、遺漏或缺失，這封信如果沒有全文刊登，先生，你可能在明天早上收到立即生效的預警信，這封預警信我原本是幾年後才要寄出，不過，為了不毀了你的餘生，我不會告訴你究竟是幾年後，死神敬上。第二天，附帶著編輯低三下四的道歉，這封信準時刊出，而且一式兩份，也就是說，除了複製原信以外，也以十四號字體完整轉載在方框中。報紙發出去後，編輯才敢從他讀了恐嚇信後就躲去藏身的地堡出來。他心驚膽怕，就連一位重要專家親手交了一份筆跡研究報告給他，他也拒絕刊出。我不過是把死神的簽名印成大寫D，就把自己弄得上天無路，入地無門，所以你的分析還是拿去其他家報紙吧，有難大家一起當，從現在開始，一切交給上帝，只要可以避免再次發生這種恐怖的事情，什麼事我都願意做。筆跡學家去了另一家報社，接著去了一家又一家，到了第四家，已經不抱希望了，他手持放大鏡，日以繼夜，投入無數功夫在這迷宮般的工作中，卻怎麼也找不到人願意收下他的工作成果。這份內容充實又精彩的報告開門見山指出，字跡分析最初是面相學的分支，其他分支包括做口型、打手勢、演啞劇和聲音性格學，這一點供不認識這門精確科學的人參考，之後他介紹了這個複雜課題的主要權威，這些人皆為一時之選，比方說，卡米洛·巴勒迪，約翰·卡斯帕拉瓦特爾，歐德桑·奧古斯特·帕特裡斯·霍誇特，雅道夫·亨策，吉恩—伊波利特·米其翁，威廉·蒂埃裡·普雷耶，切薩雷·龍勃羅梭，朱爾斯·克雷皮厄—雅曼，魯道夫·波帕爾，路德維格·克拉格斯，威廉·赫爾穆特·繆勒，愛麗絲·恩斯卡特，羅伯特·海絲，多虧了他們，筆跡學重塑成一種心理學工具，顯示出筆跡細節悖謬矛盾的特性，絕對需要從一個整體角度才能分析，在闡述了這件事的基本歷史事實之後，我們的筆跡學家開始對正在研究的主要特徵進行詳盡的定義，即大小、壓力、間距、邊距、角度、標點、上下筆劃的長度，換句話說，圖形符號的強度、形狀、傾斜度、方向和流動性，最後，這位專家明確表示，他的研究目的不是進行臨床診斷，不是進行性格分析，也不是檢查專業能力，他所關心的是，作者的一筆一畫都顯示出與犯罪學世界有著明顯的關聯，然而，他用一種嚴厲而沮喪的語氣寫道，我發現自己面臨著一個矛盾，我看不出有什麼辦法解決，我也非常懷疑有任何可能的解決辦法，沒錯，經過一絲不苟的筆跡系統化分析後，結果顯示，這封信的女作者是所謂的連環殺手，另一個同樣不容辯駁的真相最後硬纏著我，在一定程度上推翻了之前的論點，即寫此信的人已經死了。當死神讀到這麼高才博學的見解時，死神自己也不得不證實這一點，沒錯，先生，你說對了。沒有人能夠理解的是，如果她是死神，只剩下一把骨頭，那麼她怎麼能索命呢，更重要的是，她怎麼能寫信呢，這些都是永遠無法解釋的謎團。

我們忙著解釋，午夜致命的鐘聲過後，那六萬兩千五百八十個生命處於暫停狀態的人怎麼了，所以在更適當的時機來臨前，權且不去思索形勢變化對安養院、醫院、保險公司、黑守黨和教會有什麼影響，尤其是天主教，這個國家的第一大宗教，國民普遍認為，如果我們的主耶穌基督必須從頭到尾重複祂在地球的第一次生存，據我們所知也是唯一的一次，祂不會想出生在其他地方。不過，反省的好時機來了。首先是安養院，他們的心情可想而知，在這一連串離奇事件爆發之初，我們已經說明過了，如果你沒忘記，住民的不斷輪換是這一行經濟繁榮的必要條件，死神重返，必然也的確是各個管理階層歡欣鼓舞重燃希望的理由。電視上宣讀那封著名的死神來函引發的震驚過後，經理主管立即開始加加減減，算出來的數字都是理想的。午夜時分，他們喝下不少的香檳酒，慶祝情況意外恢復常態，這般行徑可能顯得對他人生命漠不關心或鄙夷不屑，不過其實是一種極其自然的解脫表現，一種必須宣洩壓抑的情緒的需求，如同一個人丟了鑰匙，站在一扇上鎖的門外，突然見到門開了，陽光傾瀉而入。更加嚴謹的人會說，他們好歹也該避免開香檳，瓶塞啵一聲打開，酒沫湧出酒杯，這種炫耀的舉動多麼喧鬧多麼輕浮，不如低調來杯波特酒或馬德拉酒，或在咖啡中加一滴甘邑白蘭地，多點香氣，也就慶祝夠了，但是，我們知道，當幸福降臨時，精神多麼輕易就能掙脫肉體束縛，我們也知道，即使不該寬恕，也總是能夠原諒。次日早晨，經理們請家屬來領遺體，然後叫人把房間通風，換床單，召集全體員工，告訴他們，不管發生什麼，生活仍要繼續，他們坐下來查看候補名單，從申請者中挑出最有前途的人。醫院管理者和醫學界的心情也在一夜之間否極泰來，各方面的理由雖不盡相同，但同樣重要。如同前述，許多病人回天乏術，或者病程走到了盡頭或最後階段，用這樣的術語來形容被認為是永恆的病理狀態也不知道是否恰當，他們叫家屬把這些人接回家，還假惺惺地問，這些可憐人還能有什麼更好的歸宿呢，其實還有許多人無親無故，也沒錢支付安養院收取的費用，哪有空間就被塞到哪裡，雖說醫院過去、今日和永遠都是高尚的機構，住不下的病人放在走廊也成慣例了，但如今他們躺在柴房閣樓，而且往往一躺就是好幾天，無人問津，因為醫師護士都說了，他們病得再厲害也死不了。好啦，他們現在終於死成了，送去埋葬，醫院裡的空氣明顯瀰漫著乙醚、碘酒和消毒劑的氣味，一如山上的空氣那般純淨晶瑩。半瓶香檳也沒有開，但行政人員和臨床主任的快樂笑容就是一帖心靈軟膏，至於男醫生，只說一句你就懂了，當他們對女護理師眉目傳情時，眼神中又有了素有的貪婪。總之，各方面都恢復正常。至於排名第三位的保險公司，目前還沒有什麼可說的，因為他們還沒有完全弄清楚，根據我們前面詳述的壽險政策的變化，目前的情況對他們是利還是弊。在確定前方是一條堅實的道路之前，他們是不會邁出半步的，但終於確認後，他們會在他們起草的任何形式合約扎下新根，滿足自己的最佳利益。另一方面，由於未來屬於上帝，無人知道明天會發生什麼，他們會繼續把年滿八旬的被保險人視為死人，那隻鳥他們至少已經牢牢抓在手中，明天是否還能再捉到兩隻自投羅網的，還有待觀察。然而，有些人建議，他們應該充分利用社會當前的混亂局面，因為社會比以往任何時候都處於跋前疐後、進退維谷、左右為難的局面，將精算死亡年齡提高到八十五，甚至是九十，可能不是一個壞主意。支持這個改變的人有著非常清楚的理由，他們說，當人到了這把年齡，不只沒有親戚來照顧他們的需求，就算有親戚吧，親戚也老得不可能照顧他們了，由於通貨膨脹和生活開銷日增，他們的養老年金實際價值也減少了，因此經常被迫中斷繳納保險費，從而使保險公司有絕佳動機認為保約無效。這不人道，有人反對。公事公辦，其他人說。等著看結局吧。

同一時候，黑守黨也專心一意談論著生意。我們毫無保留承認，也許是因為我們太過鉅細靡遺，我們對於犯罪組織滲透葬儀社老闆圈子那些黑暗管道的描述，可能會讓一些讀者想知道這是怎樣可憐的黑守黨，沒有其他更容易或更有利可圖的撈錢方式。哦，有的，而且方法可多的，然而，如同分布在世界各地的對手一樣，他們擅長平衡行動，善於利用戰略發揮最大優勢，本地黑守黨不只盤算著眼前利益，他們的目標更高，他們著眼於永恆，這個目標不外乎是，在相信安樂死有幫助的家庭默許下，在那些視若無睹的政治家祝福下，建立對人類死亡安葬的絕對壟斷權，同時負責將國家人口結構維持在任何時候皆對國家有利的水準上，用先前運用過的意象來說，就是打開和關閉水龍頭，或者借用一個更嚴謹的技術術語，控制通量計。至少在最初階段，如果他們不能加快或減慢生育速度，那麼至少能夠加速或推遲前往邊界的旅程，這一次不是地理上的邊境，而是永恆的邊界。就在我們進入房間的那一刻，黑守黨辯論的重點是，如何能夠徹底充分利用死神返回後閒置的勞動力，與會者提出不少建議，其中也不乏較為激進的意見，不過他們最後選擇了一個有長期驗證紀錄的辦法，這個辦法不需要複雜的機制，即保護業務。就在第二天，全國上下從北到南的葬儀社老闆都會見到兩名訪客走進辦公室大門，通常是兩個男人，有時是一男一女，很少有兩個女人，他們客客氣氣要求和經理說話，然後同樣彬彬有禮地對經理解釋，他的公司面臨著被某些非法公民團體的活動家攻擊，甚至摧毀的風險，不是扔炸彈，就是放火，那些團體要求將永生權納入世界人權宣言，他們的願望受挫後，現在決定發洩他們的憤怒，讓沉重的復仇之手直接捶在像他們這樣無辜的公司身上，只因為他們是將遺體運到最後安息之地的人。一位使者說，我們獲知有組織的攻擊將從明天開始，可能攻擊這裡，也可能攻擊其他地方，如果他們遇到任何抵抗，可能會謀殺老闆和經理以及他們的家人，如果不殺他們，也要殺一兩個員工，但我能做什麼呢，可憐的經理顫抖著問道；沒什麼，你什麼都做不了，但如果你願意，我們可以保護你；如果你們能保護我，當然是最好的；有幾個條件；什麼條件都好，請保護我；第一個條件是，不向任何人說起此事，連你的妻子都不可以說；但是我還沒結婚；沒關係，那就連你的母親、你的奶奶或你的阿姨都不能說；我會封住我的嘴唇；也好，因為不然你有可能讓別人把它們永遠封起來；那麼別的條件呢；別的只有一條，我們開口要多少，就付多少；要付錢；我們必須組織保護行動，親愛的先生，這可是需要用錢的；噢，我明白；如果人類願意付出代價，我們也可以保護整個人類，但在那之前，既然每個時代總是緊接著另一個時代，我們仍然活在希望之中；嗯，我知道了；你真幸運，反應這麼快；我該付多少；就寫在這張紙上；這是一筆大數目；這是現行價碼；這是一年還是一個月的費用；一週的費用；但我沒有那麼多錢，我們做殯葬業的，賺不了多少；你算是走運了，我們沒有問你，在你看來，你的生命值多少；好吧，我也只有一條命；你這條命很容易就沒了，所以我們才建議你顧好你的命；好，我會考慮的，我得跟我的合夥人談談；給你二十四小時，一分鐘也不能多，之後，我們就放手不管了，如果你出什麼事，責任自己承擔，我們非常肯定，第一次不會要你的命，到那時我們會回來和你再談，當然，那時價格就翻倍了，你沒得選，只能按我們的要求付錢，你無法想像這些要求永生權的公民團體有多頑強；好好，我付；請預付四週的費用；四週；你的情況緊急，而且我們之前說過了，展開保護行動需要用錢；現金還是支票；現金，支票用於不同類型的交易與不同金額的費用，用在現金最好不要直接從一隻手傳到另一隻手的時候。經理走過去打開保險櫃，數出鈔票，遞給他時要求，給我一張收據還是什麼文件，保證我會得到保護；沒有收據，沒有保證，有我們的口頭承諾，你就得滿足了；承諾；對，承諾，你無法想像我們多麼信守諾言；萬一有事，我去哪裡找你；別擔心，我們會來找你；我送你到門口吧；不用麻煩，我們認得路，到了棺材倉庫後左轉，經過大體化妝間，穿過走廊，過了接待處，就是臨街的大門了；你不會迷路的；我們方向感非常好，從不迷路，例如，五週後，有人會來這裡收下一筆錢；我怎麼知道來的是該來的人呢；你看到他時不會有任何懷疑；再會；好，再會，不用謝我們了。

最後還有一個同樣也很重要的組織該提一提，天主教使徒羅馬教會有許多洋洋得意的理由。他們從一開始就深信，廢除死亡只可能是魔鬼所為，要幫助上帝打擊魔鬼的行為，沒有什麼比堅持不懈的祈禱更有力量，他們把平時努力和犧牲才培養出來的謙虛美德放到一旁，為全國祈禱運動大獲成功由衷地祝賀自己，別忘記，這場運動的宗旨是求上帝儘快讓死神回來，將可憐的人類從最可怕的恐怖中拯救出來，引文結束。祈禱花了近八個月的時間上達天堂，但當你想到抵達火星需要六個月的時間，那麼天堂，你應該可以想像，必然在更遠的地方，以整數計算，離地球有三億光年。然而，教會正當合理的滿足上方卻有一片黑雲籠罩著。神學家爭論不休，上帝何以下令死神突然返來，他們無法達成共識，不過他們起碼也得騰出時間，為六萬兩千名瀕死民眾舉行最後的儀式，竟連這件事也沒有做到，害這些人被剝奪最後聖禮的恩典，還來不及反應，就已經嚥下最後一口氣。上帝是否管得了死神，或者相反，死神其實比上帝更高一等呢，叫人擔憂的想法悄悄啃噬著這個神聖機構的心靈與思想，在教會內部，大膽斷言上帝和死神是同一枚硬幣的兩面已不再被認為是異端邪說，而是褻瀆神明，罪大惡極。不管怎樣，這是暗地真正的情況，在外人眼中，教會真正關心的則是參加太后的葬禮。如今，六萬兩千名平民已經平安進入了最後的安歇之地，不再阻礙城市交通，是時候把這位備受敬仰的夫人體面地入殮，用鉛棺抬進王室宗廟了。各家報紙都一致認為，這是一個時代的結束。

也許是基於日益難得的上流教養，也許還加上一種文字能灌輸給某些膽怯心靈近乎迷信的尊重，儘管讀者完全有理由表現出難以掩飾的不耐，卻沒有打斷如此冗長的題外話，要求我們說說死神從宣布回來的那個索命之夜後都幹了些什麼。既然安養院、醫院、保險公司、黑守黨和天主教會在這一連串離奇事件中扮演著重要角色，我們自然理當詳述他們對此一突如其來的戲劇性事件的反應才對，當然，除非死神考慮到，在她發布宣告之後的幾個小時內，有大量的屍首必須下葬，決定以一種出人意外值得稱讚的同情姿態，將缺席時間再延長幾天，讓生活有時間返回舊日軸心，其他剛死的人，也就是說，那些在舊政權復辟頭幾天死去的人，只能跟著幾個月來在生死邊緣徘徊的可憐人一塊處理，然後按照邏輯，我們就該要說說這些剛死的人的狀況。只是事情並未如此發展，死神沒有那麼慷慨。長達一週的暫停期間無人死亡，最初給人一種錯覺，其實什麼都沒有改變，但那純粹只是因為死神與凡人之間的關係有了新的規則，就是人人都提前收到通知，警告他們還有一週的生命，接著可以說是付款期限到了，在這一週，他們可以處理自己的事務，立遺囑，繳欠稅，和家人密友道別。按理說，這似乎是一個好主意，但只要躬行實踐，很快就會發現這不是一個好主意。假設有個人，身強體健，連頭痛也沒有犯過，而且樂觀是他的做人原則，但他也的確有明確客觀的理由做個樂天派，有一天早上他出門去上班，路上遇到了當地樂心助人的郵差，他說，還好碰到你，某某先生，有一封給你的信，這人收到了一個紫羅蘭色的信封，他或許一時沒有特別在意，畢竟可能不過又是直銷寄來的垃圾信，不過信封上他的名字是用一種奇怪的筆跡寫的，那字跡和報紙上刊登那封著名來函影本一模一樣。如果在那一刻他的心猛然一跳，不祥的預感湧上心頭，猜想大禍就要臨頭了，於是不想收下這封信，但他拒絕不了，感覺就像有人輕扶他的手肘，指引他走下臺階，以免踩到亂丟的香蕉皮而滑了一跤，甚至扶著他繞過角落，免得被自己的腳絆倒。將信封撕成碎片不會有用，誰都知道死神的信絕對摧毀不了，就連拿乙炔噴燈來，用最猛的火來燒，也都燒不掉，他假裝把信弄丟了，這種天真把戲照樣無效，因為信黏在手指上，甩也甩不開，即使奇蹟發生，不可能的事發生了，你也能肯定會有某個好心市民立即拾起，追上那個忙著假裝沒有注意到的人說，你的信掉了，我相信它可能很重要，這人只能辛酸地回答，對，很重要，多謝費心了。不過這種事只會發生在早期，那時很少有人知道死神利用公共郵政系統發送訃音。過不了幾天，紫色成了所有顏色中最令人討厭的顏色，甚至還超越了代表服喪的黑色，不過這不難理解，想想看，戴孝服喪的是活人，又不是死者，雖說死人大多也穿黑衣入土。那麼，我們來想像一下，那個人是何等恐懼迷惘，何等倉皇無措，正要去上班，死神突然化成郵差的模樣在半路殺出來，這個郵差肯定不會按兩次門鈴，他如果沒有在街上巧遇收件人，也是把信放在那人的信箱，或者從門縫塞進去。這個人呆了，停在人行道中間，他仍舊身強體壯，腦袋好得很，即使現在受到了可怕的衝擊，也沒有痛一下，突然間，這個世界不再屬於他了，或者他不再屬於這個世界了，根據他剛剛勉為其難打開的紫羅蘭色的信，他與世界只是互相借給對方七天，多一天也不行，淚水模糊了眼睛，他幾乎無法分辨信上的字跡，親愛的先生，很遺憾地通知你，你的生命將在一週後結束，該期限不得撤銷，也不得更改。請善加運用你剩餘的時間，你忠實的死神敬筆。簽名的首字母是一個小寫的ｄ，我們知道這個小寫的ｄ算得上是原產地證書。男人猶豫了，郵差喊他某某先生，我們也親眼見到了，是位男性沒錯，這男人不知是否該回家，告知家人這個無法改變的判決，或者相反，應該強忍眼淚，繼續去工作，充實度過剩下的日子，然後便能理直氣壯地問，死神啊，你哪裡勝利了，儘管知道他不會收到回覆，因為死神永遠不會回覆，並非她不想回覆，而是因為面對人類最大的悲哀，她不知道該說什麼。

這個街頭小插曲只可能發生在誰都認識誰的小鎮小集，而且充分說明一件事，死神為了終止我們稱之為生命或存在的臨時合約，建立了一套通信系統，這套系統相當不便。這可以被視為一種施虐成性的殘忍表現，如同我們每天看到的許多行為，但死神用不著殘忍，索人性命就殘忍有餘了。她只是沒有想清楚罷了。在長達七個多月的停工後，她現在必須全神貫注重新組織她的行政支援服務，她看不到也聽不到那些痛苦的哭嚎，以及男男女女一個接一個收到死期將近預警的絕望，在某些情況下，產生的效果甚至與她所預見的恰恰相反，那些注定要消失的人沒有處理他們的事情，沒寫遺囑，沒繳欠稅，連對家人和親愛的朋友道別這件事，也拖到最後一分鐘，當然，即使是最悲傷的永別，一分鐘也是不夠的。報紙不了解死神的真正本質，她的另一個名字是命運，因此不遺餘力憤怒抨擊她，罵她無情、殘忍、暴虐、邪惡、嗜血、不忠、奸詐，是吸血鬼，是惡毒的皇后，是穿裙子的德古拉，是人類公敵，是女殺手，而且還是連環殺手，甚至有一份幽默詼諧的週刊，榨乾撰稿人的每一絲諷刺，想出了狗娘養的女兒一詞。幸好，某些報紙仍舊由理智當政。國內備受尊敬的報紙，也是全國新聞界的元老，刊登一篇明智的社論，呼籲與死神進行開誠布公的對話，毫無保留，手撫心口，本著博愛的精神，想當然耳，他們總是假設能找出她住在哪裡，她的洞穴，她的巢穴，她的老窩。另有一家報紙建議警察當局調查文具店和紙張製造商，使用紫羅蘭色信封的人本來就少，現在肯定也因為近日事件而改變了書信品味，所以這位陰險的顧客來補充書寫用品時，抓她簡直是易如拾芥。這家報紙的死對頭立刻批評這個想法既粗魯又愚蠢，大家都知道死神只是一具裹著屍布的骷髏，只有十足的傻瓜才會認為她會踏著瘦骨嶙峋的腳後跟，磕磕絆絆走在人行道上去寄信。電視臺不甘落後於報刊媒體，建議內政部長派警察守著信箱郵筒，顯然是忘記了，第一封寫給電視臺總監的信出現在他的辦公室時，門上了雙重的鎖，窗玻璃也沒有碎。地板、牆壁和天花板，沒有一條裂縫，連一道小到能讓剃鬚刀片穿過的縫隙也沒有。想說服死神對被宣判死刑的可憐人施以同情，或許也不是不可能，但怎樣也得先找到她，才能說服她，可是沒有人知道要如何或去哪裡才能找到她。

就在那時，有一個法醫科學家，對其職業所有直接或間接相關的一切，通通無所不知，無所不曉，他想出了一個點子，就是從國外邀請一位能夠根據顱骨還原樣貌的著名專家，這位專家於是根據古畫古雕刻中的死神形象，尤其是她露出頭蓋骨的作品，在空缺的地方補肉添皮，眼窩填上眼睛，按適當比例布局頭髮、睫毛和眉毛，又在臉頰上綴以適當的色澤，最後一個完美完整的頭像出現在眼前，然後印出一千張照片，讓一千名調查人員放在錢包隨身攜帶，只要是女人，見一個就比對一個。問題在於，等外國專家完成了任務後，只有眼力極差的人才會說所選的三個頭骨是一樣的，因此調查人員只好帶著三張而不是一張照片去調查比對，這顯然有礙於這個雄心勃勃名為死神追捕專案的行動。只有一件事得到了確鑿無疑的證明，這一點即使從最基本的肖像學、最複雜的命名學和最晦澀的象徵學來說都是正確的。從五官、特質和特徵來看，死神無疑是個女人。研究死神第一封信的知名筆跡學家顯然得到同樣的結論，你們一定還記得，他以女作家稱呼作者，不過也可能純粹只是出於習慣，因為除了少數幾種語言不知什麼原因用陽性或中性稱呼死神，大部分時候死神都是一個陰性人稱。雖然前文已有交代，但為了防止有人忘了，還是要強調一件事，這三張臉孔都是女性，而且都是年輕的，看過的人都看到了明顯的相似之處，但她們在某些方面確實各不相同。會不會有三個死神呢，好比說，她們排班輪流工作，這種情況實在不大可信，所以還是得排除其中兩張臉，不過有一點可能讓情況變得更複雜，那就是死神本尊的頭骨和所選的三個都不符。如俗話所說，黑暗中放槍，只求仁慈的機會有時間讓目標停在彈道上。

調查必得從官方身分識別部門的檔案開始，他們收集了全國居民的照片，包括本國人和外國人，根據某些基本特徵分類排序，長顱的一類，短顱的另一類。結果令人大失所望。一開始當然如此，我們之前說過了，為面部重建選擇的模型來自於古老的雕刻繪畫，現代識別系統才建立了一個多世紀，沒有人真的希望從中找到死神的人性化形象，但是，換個角度來想，死神一直都在，沒有理由認為她需要隨著年代更迭改變容貌吧，也別忘了，在祕密生活的同時，她要妥善完成工作，不讓人滋生疑竇，這一定困難重重，所以完全符合邏輯的假設是，她在民事登記處用了假名，因為我們都很清楚，對死神來說沒有什麼是不可能的。無論真相如何，求助資訊技術和數據交換的天才之後，調查人員終究沒有找到一張可茲識別的女性照片與三個虛擬死神像有任何相似之處。果如所料，別無選擇，只能回到傳統的調查方法，借助警察拼湊情報碎片的手藝，派出一千名特工，挨家挨戶，從商店到商店，從辦公室到辦公室，從工廠到工廠，從餐館到餐館，從酒吧到酒吧，甚至走訪留作繁重性活動專用的場所，調查國土上的所有女性，但不包括青少年、熟齡或高齡的女性，因為特工口袋裡的三張照片清楚表明，如果找得到死神，她會是一個年約三十六歲的女人，而且確實非常漂亮。根據他們拿到的範本，誰都可能是死神，但誰也都不是。不分街巷阡陌，特工跋涉千里，上了一層又一層的樓梯，這些樓梯要是頭尾相連，都可以把他們送上天了，歷盡艱辛之後，他們好不容易找到三個女性，她們與她們收在檔案中的照片不同，只因為受惠於整容手術，因緣巧合，陰錯陽差，現在居然與重建的範本臉孔十分酷似。然而，抽絲剝繭調查各自的身家背景後，確認了其中二人不可能在空閒時間投身死神的索命活動，無論職業的或是業餘的。至於第三個女人，只能從家庭相冊中得知，她早已過世一年了。用簡單的消除法也知道，死神不可能自己害自己。不用說，調查持續進行的期間，紫羅蘭色的信也持續送達收件人的家。顯然死神不會在她與人類的協議上讓步。

我們自然一定會問，政府是否光是袖手旁觀，無動於衷，看著上千萬國民日復一日上演同樣的戲碼。答案是雙重的，一方面是肯定的，另一方面是否定的。肯定，因為雖然只是相對而言，死亡畢竟是生命中最正常最普通的事，算是例行公事，至少從亞當和夏娃開始，就是父母傳給子女無盡遺產中的一個插曲，要是一有可憐的老人死在貧民院，世界各國政府就宣布舉國哀悼三天，對公眾陰晴不定的內心平靜會造成莫大傷害。否定的原因是，即便你有一顆鐵石心腸，也不可能對這樣一個顯而易見的事實保持冷漠，死神提前一週的警告，已經造成了一場集體災難，面對災難的，不只是平均每天有三百個聽到厄運來敲門的人，還有其他的人，不多不少，恰好是九百九十萬零七百人，有老有少，富貧不一，狀況應有盡有，每天早上從最可怕的噩夢中醒來，看到達摩克利斯劍懸在頭上。至於那三百名居民，他們收到了決定命運的紫羅蘭色的信，因為各自性格不同，對無情的判決自然也有不同的反應。還有前述提過的一群人，在扭曲的復仇想法驅使下，決定放棄公民和家庭責任，不寫遺囑，也不補交稅款，這種想法恰好可以使用新詞prepost-humous來形容，也有許多人把及時行樂四字做了頹敗至極的解釋，恣肆無忌，沉溺於性、毒品和酒精之中，狂歡作樂，揮霍所剩不多的一點生命，也許以為這麼放蕩弛縱，會自己惹來天打雷劈，否則也是當頭致命的一擊，立刻一命嗚呼，從死神的魔掌中逃脫，跟她開個玩笑，這說不定會讓她痛改前非。另一些堅毅勇敢剛而自矜的人，選擇了自縊這條偏激的道路，相信他們也會給死神上一堂禮儀課，給她我們過去所謂的一記口頭耳光，按照當時的誠實信念，如果這種行為起源於倫理道德領域，而不是源於某種原始的報復心理，那這一記耳光就更加火辣了。當然，這些嘗試都失敗了，除了那些固執的人，他們把自殺留到期限的最後一天。這是死神無法回應的絕招。

值得稱道的是，第一個真正了解一般人情緒的機構是羅馬天主教使徒教會，既然我們活在一個縮寫詞在日常交流中盛行的時代，無論是私人場合還是公開場合都一樣，將教會縮寫成更簡單的 c. a. c. o. r. 可能是個好主意。的確，你必須是完全瞎了眼才不會注意到，教堂幾乎無時不刻擠滿了心煩意亂的民眾，他們想尋找希望的話語，一些安慰，一款香油，一帖鎮痛劑，一種精神上的止痛藥。之前，人一直活在死亡不可避免無能逃脫的意識之中，但與此同時又想，既然還有那麼多的人注定要死，唯獨遭遇真正的厄運，才會輪到他們去死，而這些人現在經常從窗簾後面偷窺，等待郵差，或者戰戰兢兢回家，因為可怕的紫羅蘭色的信，比一個張著血盆大口的怪物更可怕，可能潛伏在門後，準備朝他們跳出來。教堂一刻也不得閒，懺悔的罪人排著長長的隊伍，像工廠生產線一樣不斷移動，在中央大殿繞了兩圈。

告解神父停不下來，有時疲勞分了心，有時突然聽到什麼不甚光彩的情節又回過神來，但最後也只是虛應故事，帶著信徒做了簡單的懺悔，滿口的天父，滿嘴的聖母，然後匆忙咕噥一聲求神寬恕。從上一個懺悔者離開到下一個懺悔者跪下之間的半晌，告解神父咬一口雞肉三明治充當午餐，同時隱約想像晚餐要吃什麼來彌補口腹之樂。布道內容無一例外，將死亡當成進入天國天堂的唯一之路，據說，沒有人是活著進入天堂的，急於安撫人心的神父毫不猶豫採用了修辭的最高形式，訴諸了教義問答的最低技巧，讓驚恐的教區居民相信，他們到底是可以認為自己比祖先更加幸運，因為死神給了他們足夠的時間，讓他們的靈魂為進入伊甸園做好準備。然而，困在惡臭陰暗的懺悔室的神父們，有一些不得不鼓起勇氣，天才曉得他們付出了什麼代價，因為就在那天早上，他們也收到了紫羅蘭色的信，能夠理直氣壯懷疑自己所言是否能夠起絲毫的安慰之效。

同樣事情也發生在治療師身上，衛生部長急於仿效教會提供的治療幫助，派遣了治療師去幫助意懶心灰的人。一個精神醫師告訴病人，哭是減緩折磨他的痛苦的最好辦法，結果這時想到自己次日也可能收到同樣的信封，竟然也抽泣起來，這種情況並不少見。治療結束時，精神醫師和患者都嚎啕大哭，被同樣的不幸所擁抱，但治療師認為，如果不幸真的降臨到他身上，他還有七天的時間，即一百九十二小時。他聽說，有人舉辦了狂歡會，縱欲、吸毒、酗酒，幾次小小的狂歡能讓他更輕鬆進入另一個世界，當然，這麼做也冒了一個風險，當你坐在天上王座時，這種越軌行為只會讓你更加懷念這個世界。

根據各民族的智慧，每條規則都有例外，即使是一般被視為完全不可侵犯的規則也一樣，例如，關於死神主權的規則，根據定義，無論多麼荒誕無稽，都不可能破例，但例外確實存在，因為有一封紫羅蘭色的信碰巧就被退回給寄件人。有人不以為然，這樣的事不可能發生，死神無處不在，因此不可能在某一個特定的地方，由此可以推斷，從物質和形而上學的角度來說，都不可能定位與定義我們通常所理解的寄件人這個詞，或者按照這裡的意思，信寄出的地方。另一些人也表示異議，不過臆測成分沒那麼高，因為一千名警察已經連續數週尋找死神，全國挨家挨戶搜查，像拿一把細齒梳子尋找一隻善於躲避難以捉摸的蝨子，而她仍舊杳無蹤跡，不用說，如果無法解釋死神的信是如何到達的，我們自然也不會獲悉這封退回的信經由什麼神祕渠道回到她的手中。我們謙卑地意識到，很遺憾，我們缺乏這個問題以及更多問題的解釋，我們承認，我們無法提供能夠滿足那些要求解釋者的解釋，除非利用讀者容易上當的心理，跳過對事件邏輯的尊重，在這則寓言先天的虛幻之上增加更多的虛幻，是的，我們明白這種缺陷嚴重折損故事的可信度，然而，這一切，我們要重申，這一切都不表示上述那封紫羅蘭色的信沒有退回給寄件人。事實就是事實，而這個事實，無論你喜歡與否，都是無可辯駁的那一種。沒有什麼比現在在我們面前的死神更能證明這一點，她坐在椅子上，裹著屍布，瘦骨嶙峋的臉露出茫然驚訝的表情。她懷疑地看著紫羅蘭色的信封，仔細瞧瞧上頭有沒有郵差在這種情況下通常會在信封上寫的意見，例如，退回，查無此人，收信人離開，未留下轉寄地址或返回日期，或者乾脆說，死了，她喃喃地說，我真傻，如果該要了他的命的信沒有開啟就回來了，他怎麼會死。她想到這最後一句話，原先不以為意，但馬上又喚回它們，以夢幻般的語氣大聲重複，沒有開啟就回來了。不是當郵差的也知道，回來和被退回是兩碼事，回來可能只是那封紫羅蘭色的信沒有到達目的地，途中的某個時刻發生了什麼，於是折原路返回。信只能去它們被帶去的地方，它們沒有腳，沒有翅膀，就我們所知，也沒有被賦予自主決斷行事的能力，有的話，我們相信它們會拒絕遞送經常要遞送的噩耗。就像我發出的這個消息，死神客觀地想，告訴某人他將在某特定的日期死去，那是噩耗中的噩耗，就像在死囚牢房待了很多年，獄卒走過來對你說，信來了，請你做好準備。說也奇怪，上一批的其他信件都安全送到收件人手中，獨獨這一封沒有送到，那只可能是偶發事件造成的，耗了五年工夫，信才送到一個只住在兩條街外、走路不用一刻鐘的收件人手上，只有天才知道有什麼後果，可能是無人注意的情況下，這封信從一個傳送帶傳到另一個傳送帶，然後回到了起點，像在沙漠中迷途的人，除了身後留下的足跡，沒有別的路可以走。解決辦法就是再寄一次，死神對著一旁靠著白牆的鐮刀說。沒人會指望一把鐮刀回應，這一把也不例外。死神繼續說，如果我派你去，你喜歡速戰速決，事情早解決了，但最近時代改變許多，必須使用新手段新系統，才能跟上新技術的發展，比如使用電子郵件，我聽說這是最衛生的方式，不會留有墨跡指紋，而且寄件速度很快，你只要在微軟上打開Outlook Express，信就可以寄出了，難就難在於必須使用兩個不同的資料庫，一個是使用電腦的人，另一個是不使用電腦的人，無論如何，我們有足夠的時間來想想，總是有新型號新設計推出，技術也創新了，也許我有一天會嘗試，但在那之前，我會繼續用紙筆墨水寫信，這有傳統的魅力，死這件事很講究傳統。死神盯著紫羅蘭色的信封，右手打了個手勢，信就消失了。所以我們現在知道，與許多人所想的不同，死神並不是把信拿去郵局寄。

桌上有一份兩百九十八人的名單，人數比平常少，一百五十二名男性，一百四十六名女性，同樣數量的紫羅蘭色信封和紙張已經備妥，等待下一次郵寄，或者該說是死神寄。在名單上，死神加上被退回的那封信上的名字，還在名字底下劃線，然後把筆擱在筆架上。如果她有神經的話，可以說她有點興奮，這是有理由的。她活了那麼久，不能把退信當成區區小事。這很容易理解，不需要什麼想像力就能明白，自該隱殺死亞伯以來[6]，自從這件上帝承擔全責的事件後，死神的工作場所可能是所有被創造的工作場所中最乏味的。第一樁不幸事件從創世之初就證明了家庭生活大不易，從那之後直到今日，已經過了千百年，這個過程還是不變，又重複了千百年，沒有改變，沒有間斷，無休無止，從生命轉入非生命，不同的只有方式，但基本總是一樣的，因為結果總是一樣。其實，注定要死的人都注定會死去。而今，一封由死神簽名的信，一封由她親筆撰寫的信，一封警告某人不可撤銷和不可延遲之結局的信，竟然退回到寄件人手中，回到這個冷颼颼的房間，信的作者和簽名者就坐在這裡，穿著從古至今不變的制服，一塊陰鬱的屍布，頭上罩著頭兜，一面思考發生了什麼，一面用手指敲打桌面，或者該說是像手指的骨頭敲打。她有些詫異，她發現自己希望這封信能再次被退回，例如，信封上有一個否認知道收件人下落的訊息，因為對於一個總能找到我們藏身之處的人來說，這實在是一種全新的體驗，無論我們藏身何處，如果我們天真地以為可以逃脫她的魔掌。不過她並不認為信封背面會寫上收件人去向不明，我們每打一個手勢，每做一

---

6 根據《聖經》，這是人類的第一樁殺人案。

個動作，每走一步路，每搬一次家，每變一次身分，每換一份工作，每改一個習慣，我們吸不吸菸，我們吃多或吃少或不吃，我們活躍或懶散，我們頭痛或消化不良，我們便祕或腹瀉，我們是掉了髮還是罹了癌，是，或者否，或者也許，這裡的檔案會隨之自動更新，她只要打開按照字母順序排列的檔案抽屜，找出對應的文件夾，所有資料都在裡面。如果此刻我們正在閱讀自己的個人檔案，看到剛才焦慮的瞬間被記錄下來，一點也不該感到驚訝。死神知道關於我們的一切，也許這就是她傷心的原因。如果她確實沒有笑容，那只是因為她沒有嘴唇，這個解剖學經驗告訴我們，與活人可能認為的相反，微笑跟牙齒無關。有人說，她掛著長年不變的笑容，這種幽默是因為缺乏品味，不是因為製造恐怖效果，但這不是真的，她的表情是痛苦的表情，因為她時常被一段記憶追著跑，在記憶中，她有嘴，嘴裡有舌頭，舌頭會分泌唾液。一聲短短的歎息後，她拿起一張紙，開始寫今天的第一封信，親愛的女士，很遺憾地通知你，你的生命將在一週後結束，該期限不得撤銷，也不得更改。請善加運用你剩餘的時間，你忠實的死神敬筆。兩百九十八張信紙，兩百九十八個信封，兩百九十八從名單上移除的名字，不是難得要命的工作，但死神做完時已經累癱了。她用右手做了一個我們已經熟悉的手勢，發出這兩百九十八封信，然後瘦巴巴的手臂交叉放在桌上，頭靠了上去，她不是要睡覺，因為死神不睡覺，而是休息。半小時後，她從疲勞中恢復過來，抬起頭來，那封被退給寄件人又再次送出的信又回來了，就在她空洞驚訝的眼窩前。

如果死神曾滿懷希望，夢想有什麼驚喜能使她從無聊的日常生活解脫，那麼她得到了一個極大的驚喜。那個驚喜來了，再好不過的驚喜。信第一次被退回時，可能只是途中出了意外，腳輪從輪軸脫落，一個潤滑的問題，倉促之間，一封天藍色的信被擠到了前面，簡而言之，就是那些發生在機器內部，或者說發生在人體內部意想不到的事情之一，這些事甚至可以擾亂最精確的計算。信被退回了兩次，那就完全是另一回事了，在應該直接通向收信人的那條路上，途中某處顯然有障礙擋道，使得這封信反彈回到原來的地方。在第一種情況下，由於信在寄出的次日退回，仍舊可能是因為郵差找不到應該將信遞交的那個人，也沒有把信塞進郵箱或門縫，而是把信退給了寄件人，但沒有說明理由。當然，一切都是純粹的假設，但可以解釋所發生的事。不過，現在情況不同了。這封信從送出到退回，花了不到半個小時，甚至可能更短的時間，當死神把頭從她硬邦邦的前臂抬起來的時候，信已經在桌上了，順便一提，肘骨和橈骨纏繞，目的就是為了讓人枕著休息。雖然和每個人一樣，那人的死期從出生那天起就確定了，似乎有一股奇特神祕不可理解的力量在抵抗那個人的死。那是不可能的，死神對沉默的鐮刀說，在這個世界上或其他地方，沒有人比我擁有更大的力量，我是死神，其他一切都不算什麼。她從椅子站起來，走到檔案櫃前，從那裡拿著可疑的檔案回來。毫無疑問，名字和信封上的一致，地址也一致，此人的職業是大提琴家，婚姻狀態是空白，表示他沒結婚，沒喪偶，也沒離婚，因為在死神的檔案中，婚姻狀態絕對不會登記為單身，你想想，有個孩子出世了，填寫資料卡時，職業是不寫的，因為他還不知道自己的職業是什麼，但把新生兒登記為單身，那是多麼愚蠢好笑。至於死神手中拿著的卡片上所登記的年齡，我們知道大提琴家四十九歲。好，如果我們需要一個證據證明死神的檔案精準無誤，現在就有一個了，在零點一秒的時間，甚至不到零點一秒，在我們不敢相信的眼睛前，49這個數字被50所取代。名字登記在這張卡上的大提琴家今天過生日，他應該收到鮮花，而不是一週後就會死去的警告。死神再次起身，在房間裡繞了幾圈，經過鐮刀時停下腳步兩次，張口彷彿要說話，或詢問意見，或發布命令，或只是說她感到困惑和不安，我們必須說，這一點也不奇怪，想想看，她這項工作做多久了，人類就像羊群，她是至高無上的牧羊女，在這之前，羊群從未對她表現出一絲不敬。這時，死神有一種不祥的預感，這個事件可能比一開始的印象更嚴重。她在書桌前坐下，翻閱上週的死亡名單。與她所期望的相反，在昨天的第一張名單上，她發現大提琴家的名字不見了。她繼續翻著，一頁接著一頁，一頁接著一頁，繼續往下翻，直到第八頁，她才找到他的名字。她誤以為這個名字是在昨天的名單上，但她現在發現自己面臨著史無前例的醜聞，一個兩日前就該死去的人還活著。這還不是最糟的。

這個可惡的大提琴家，打從一出生就注定只能活過四十九個夏天，剛剛厚顏無恥地進入了他的第五十年，命運、命數、流年、星象、運氣等等的力量，透過各種可能的手段，不管是值得的還是不值得的，來阻撓我們人類的生存欲望，現在全都站不住腳了。它們全名譽掃地了。要如何糾正一個不可能發生的錯誤呢，這樣的情況沒有先例，規章也沒有預料到類似例子，死神心想，特別是這人應該在四十九歲而不是五十歲時去世，但他現在已經五十了。可憐的死神顯然心煩意亂，不能自已，很快就會氣餒得用頭撞牆。這個行動持續執行數千年，從未出現過一次操作失誤，現在她替凡人和他們唯一死因之間的經典關係引入一些新的東西時，她來之不易的聲譽受到最嚴重的打擊。我該怎麼辦，她問，他該死卻沒死，這使他超出了我的管轄範圍，我究竟怎樣才能擺脫這個窘境呢。她看著鐮刀，她多次冒險和大屠殺的同伴，但鐮刀沒有理會她，它從不回應，現在它把磨損生銹的刀片靠在白牆上，對一切事物漠然，彷彿厭倦了這個世界。就在這時，死神想出了她的好主意，俗話說，有一就有二，有二就有三，三是幸運的，因為它是上帝選擇的數字，但讓我們看看這是否是真的。她右手一揮，被退回兩次的信再次消失。不到兩分鐘，它回來了。回到原處，擱在那裡。郵差沒有把它塞在門下，他沒有按鈴，它在這裡。

我們顯然沒有理由為死神感到難過。我們對她的怨懟實在太多，我們的怨懟也實在情有可原，沒有理由憐憫她，因為她雖然比誰都清楚，我們多討厭她的固執，但她總是不顧一切為所欲為，從來沒有向我們顯露過這樣的憐憫。然而，有一瞬間，我們眼前看到的是一尊悲傷的雕像，而不是像幾個慧眼獨具的臨終之人的描述那樣，在人生最後的時刻，一個陰森的身影出現在床前，做了一個類似於發信時的手勢，只不過手勢的意思不是去吧，而是來吧。由於什麼奇怪的光學現象，或真實或虛幻，死神現在看上去似乎小了很多，好像骨頭縮水了，或者她一直如此，只是在恐懼之中我們睜大了眼，將她看成了巨人。可憐的死神。我們真想走過去，一隻手放在她硬邦邦的肩膀上，湊到她的耳邊，準確說，是頂骨下方曾長耳朵的地方，說幾句同情的話，別難過，死神女士，這樣的事常有，比如我們人類在失望、失敗和挫折方面有著多年經驗，但我們從不放棄，回憶往昔，你在我們青春如花之際就帶走我們，沒有一絲悲傷或同情，想想今日，懷著同樣的鐵石心腸，你繼續對那些窮途潦倒的人做同樣的事，我們大概就是繼續走著瞧，看誰會先累，是你還是我們，我理解你的痛苦，第一次失敗是最難受的，漸漸就會習慣了，只是我說我希望這不會是最後一次時，你千萬別誤會，我不是為了報復，就算要報復，這樣的報復也太蹩腳了，不是嗎，反而好像對即將砍下我腦袋瓜的劊子手吐舌頭，不過說實話，我們人類除了對著劊子手伸出舌頭外，也做不了什麼，這就是為什麼我迫不及待地想知道你要如何擺脫你所處的困境，這封信送出又退回，大提琴家已經無法在四十九歲時死去了，因為他剛滿了五十歲。死神做了一個不耐的手勢，粗暴甩開我們放在她肩上那隻友愛的手，從椅子上站了起來。她看上去似乎又更加高大了，無愧於死神女士的封號，能讓腳下的大地顫抖，她每走一步，拖在身後的屍布都能捲起一團的煙塵。死神發怒了。我們也是時候向她吐舌頭了。

除了少數罕見的情況，就像我們之前提到的那些別具慧眼的人，他們臥床等死時，發現她出現在床前，披著白色的床單，一副經典的鬼魂扮相，或者像是普魯斯特的情況，偽裝成一個黑衣胖女人，但死神通常低調謹慎，不想引人注意，尤其是迫於情況不得不出門上街的時候。有人喜歡說，死神是一枚硬幣的一面，而上帝是硬幣的另一面，那麼，就其本質而言，她也該和上帝一樣是無形的，這個看法很多人接受。嗯，並非如此。我們就是可靠的證人，死神是一具裹著屍布的骷髏，住在一個冷颼颼的房間，陪伴她的是一把老舊生銹的鐮刀，鐮刀從不回答問題，四周只有蜘蛛網和幾十個檔案櫃，檔案櫃的大抽屜裡塞滿了資料卡。因此，我們理解死神何以不願意以那身打扮出現在人的面前，一是為了一己的自尊，二是為了可憐的路人，免得他們一個拐彎，迎面碰上了空蕩蕩的大眼窩，嚇都嚇死了。在公共場所，死神當然會隱身，但在私底下，在關鍵時刻，她可就不會了，這一點作家馬塞爾・普魯斯特和其他別具慧眼的人可以證明。上帝的情況則不同，祂再努力，也無法讓人見到祂本尊，並非因為祂做不到，對祂來說，沒有不可能的事，而是因為祂不知道向據說是祂創造之生命介紹自己時該擺出什麼樣的面孔，那些生命反正也認不出祂。有人說，我們何其幸運，上帝選擇不在我們面前現身，因為與我們在這種事情發生時的震驚相比，我們對於死神的恐懼只是小兒科。此外，關於上帝和死神的諸多事，全都不過是故事，這也不過是又一個。

總而言之，死神決定進城了。她脫下屍布，她身上唯一的衣物，小心翼翼摺好，掛在我們見她坐過的那張椅子後面。除了一桌一椅，除了檔案櫃和大鐮刀，除了那扇我們不知道通往何處的窄門，房裡什麼也沒有。由於那扇門似乎是唯一的出路，照理應該猜想死神進城要先通過窄門，然而，事實證明並非如此。沒有了屍布，死神似乎矮了，依照人類的測量方法，她頂多一百六十六或六十七公分，而寸絲不掛赤身裸體時，看起來更加矮小，幾乎是青少年的小骨架。剛才我們被錯置的惻隱之心給打動，試圖給予悲傷的死神安慰時，她激烈地拒絕了我們放在她肩上的手，現在沒有人會說這位是剛才那個死神。世上真的沒有什麼比骷髏更赤裸了。在生活中，它穿著雙重衣服走來走去，第一重是遮掩骷髏的肉體，第二重是肉體喜歡用來遮掩自己的衣服，如果它沒有脫掉衣服去洗澡或從事其他更愉快的活動的話。死神還原了真面目，一個早已不復存在者拆去了大半的鷹架，死神現在剩下的就是消失。而這正是現在從頭到腳發生在她身上的事。我們驚訝地看到，她的骨頭失去了實體，不再堅固，她的稜角越來越模糊，原本固體的東西正在化成氣態，像稀薄霧氣一樣四處擴散，現在她只是一幅模糊的素描，透過它，你可以看到冷漠的鐮刀，突然間，死神不再存在，她曾經在那裡，現在她不在那裡，或者她在那裡，但我們看不到她，或者也不是看不到她，她只是直接穿過了地下房間的天花板，穿過上方巨大的土塊，出發了，這封紫羅蘭色的信第三次退還給她的時候，她已暗下決心要這麼做了。我們知道她要去哪裡。她無法索討大提琴家的命，但她想看看他，觀察他，在他意識不到的情況下觸摸他。她相信，有一天，她會找到一種不用打破太多規則就能解決他的方法，但在那之前，她要去瞧一瞧他是誰，這個收不到死神警訊的人，瞧一瞧他有什麼力量，如果他有的話，或者他像一個無辜的傻瓜，繼續活著，壓根沒有想到他該死。我們關在這冷颼颼的房間，沒有窗戶，只有一扇不知道通向哪裡的窄門，沒有注意到時間過得多麼快。已經清晨三點了，死神肯定已經到了大提琴家的家。

確實如此。死神覺得最累的事，是需要努力阻止自己同時看到所有地方的所有東西。就這一點來說，她也非常像上帝。雖然這個事實並沒有出現在人類感官經驗可驗證的數據中，但我們從小就習於相信，上帝和死神，那些至高無上的存在，總是無處不在，也就是說，無時不在，和其他許多詞一樣，這個詞由空間和時間組成。然而，當我們這樣想的時候，甚至當我們把它說出來的時候，鑒於語言是多麼容易脫口而出，我們十之八九其實並不清楚自己想說什麼。上帝無處不在，死神也無處不在，這說得很容易，但我們似乎沒有意識到，如果祂們確實無處不在，那麼，在祂們發現自己身處的所有無限局部地區，祂們無可避免看到一切可以看到的東西。上帝有責任在同一時間出現在整個宇宙的任何地方，否則也就沒有必要創造宇宙，既然如此，指望祂對小小的地球產生特別的興趣很荒謬，而有一點也許誰都沒有想到，祂可能會用什麼完全不同的名字來稱呼地球，但是死神，我們在前幾頁說過了，是專管人類的，一刻也不曾將她的目光從我們身上移開，以至於那些死期未到的人都覺得她的目光在不停地追逐著他們。由此可以想見，在我們共同的歷史上，有那麼屈指可數的幾次，死神出於某個原因必須把感知能力降低到我們人類的程度，也就是一個時間只看到一件事，一個時刻只身處在一個地方，為此她必須做出艱鉅的努力。放到我們今日所關心的特殊情況下，這是唯一能解釋她何以還未設法走到大提琴家的公寓走廊以外的地方。她每走一步，這裡我們說是一步，只為了幫助讀者想像，並非她需要有腿有腳才能移動，死神每走一步，都不得不竭力抑制天生固有的擴散傾向，因為她的形體動搖不穩，危如累卵，如果任其自由發揮，好不容易才整合在一起的身體會立刻炸開。沒收到紫羅蘭色的信的大提琴家，住在可以歸類為舒適的公寓，更適合眼界狹窄的中產階級，而不是抒情詩繆斯歐忒耳佩的信徒。進去是一條走廊，黑暗中你可以看到有五扇門，一扇在盡頭，為了不再回頭贅述，先交代一下，那是浴室的門，浴室左右兩側各有兩扇門。死神決定從左邊的第一扇門開始檢查，門後是一間小餐廳，看來很少使用，再進去是一個還要更小的廚房，只配備了基本設備。從那裡回到走廊，立刻對上一道門，死神連碰一下也不用，就知道這個門沒有使用，也就是既不能開也不能關，這種說法違背了簡單的事實，因為一扇你說它既不能開也不能關的門，不過是一扇你不能開的關著的門，或者如同大家所知，是一扇死門。當然，死神可以直接穿過去，穿過門後的任何東西，雖然普通人的眼睛還是看不到她，她也是費了很大的勁，才讓自己或多或少有點人樣，只是如先前所述，還沒有達到有腿有腳的程度，她現在還不打算鋌而走險，放鬆自己，在木門內部，或是肯定擺在門後那滿是衣服的衣櫃中潰散。所以死神沿著走廊往下走，走到右手邊第一個能開的門前，穿過那扇門，她發現自己進入了音樂室，應該也沒有其他名稱可以稱呼這個房間了，這裡有架打開的鋼琴，一把大提琴，一個譜架，架上放著羅伯特·舒曼的幻想曲作品七十三號的樂譜，多虧街燈的光線透過兩扇窗戶傾瀉而下，死神能藉由淡橙色的光閱讀，四下散著成堆的樂譜，當然還有高高的書架，文學似乎與音樂一起生活在最完美的和諧之中，和諧本來是戰神阿瑞斯和愛神阿芙蘿黛蒂的女兒，現在則是是和弦的科學。死神撫摸大提琴琴弦，手指輕柔滑過鋼琴琴鍵，但只有她能聽到樂器的聲音，先是一聲悠長沉重的低吟，接著是一聲短如鳥鳴的顫音，這兩種聲音人耳無法聽到，但對一個早已學會理解歎息涵義的人來說，卻是清晰而準確。就在那裡，就在隔壁房間，睡著那個人。門開著，一片漆黑，雖然比音樂室更暗一些，但仍舊看得見一張床，床上躺著個人。死神走上前，跨過門檻，但停了下來，躊躇不前，因為她感覺到房間裡有兩個活物。死神知道某些世路人情，當然不是從個人經驗了解，她突然想到，或許這男人有伴，有另一個人正睡在他身邊，一個她還沒有寄過紫羅蘭色的信的人，但在這間公寓裡，這人與男人共用同一條被單蔽體，共享同一條毯子的溫暖。她走得更近，如果可以說死神拂過什麼的話，她險些拂過床頭櫃，接著看到男人是獨自一人。但是，在床的另一邊，一隻中等大小的狗縮成一團睡在地毯上，像一團毛線球，毛色深沉，可能是黑色。在死神的記憶中，這是她第一次發現自己思考起一件事，她只負責人的死亡，她象徵性的鐮刀不能觸及這隻動物，她的力量連一根毫毛也動不了牠，如果牠的死神，也就是另一個死神，掌管所有動植物生命的死神，像她一樣缺勤曠工，這隻沉睡的狗也會長生不死，儘管誰也不知道能夠不死多久，這會是一個理想的理由，讓某人用一句話開始一本書，第二天，沒有狗死。那人動了一下，也許他在做夢，也許他還在拉奏舒曼的三首曲子，而且拉錯了一個音符，大提琴不似鋼琴，在鋼琴上，音符永遠在同一個地方，在每個琴鍵的下面，而在大提琴上，它們分散在長長的弦上，你必須去尋找它們，讓它們固定下來，找到準確的點，以正確的角度和適當的壓力移動琴弓，所以沒有什麼比在你睡覺的時候拉錯一兩個音符更容易的了。死神向前探出身子，想看清楚他的臉，這時想到一個絕妙的點子，她突然想到，檔案的資料卡應該每一張都印上卡片主人的照片，不是普普通通的照片，而是一張科技先進的照片，人的生活細節會不斷自動更新，他們的影像也隨著時間推移改變，從懷中紅通通皺巴巴的嬰兒，變化到今日的模樣，我們會懷疑我們是否真的是過去的那個我們，或者，時間流逝，但燈中的什麼精靈並沒有不斷用別人來取代我們。那人又動了一下，像是要醒了，但沒有，他的呼吸恢復正常的節奏，還是每分鐘十三下呼吸，他的左手放在心臟上，彷彿在傾聽心跳，心臟舒張是一個空弦音，心臟收縮是一個按弦音，而右手則是掌心朝上，指頭微彎，似乎在等待另一隻手來握緊它。男人看起來比五十歲還要老，或者不老，也許只是累了，或者憂傷，但這只有在他睜開眼睛時我們才能知道。他的頭髮掉了一些，剩下的已經白了。他非常普通，不醜也不帥。現在看著他仰躺著，被單掀開，條紋睡衣露了出來，沒有人會認為他是這個城市的交響樂團的首席大提琴家，他的生命穿梭於五角星的神奇線條之間，誰知道呢，也許他在尋覓音樂的深處，停頓，聲音，收縮，舒張。死神還是氣惱這個國家的郵政通信系統失靈，但沒有剛到時那麼惱了，死神看著此人熟睡的臉，茫然地想他應該已經死了，他的左手保護的心臟應該是靜止的，是空的，永遠凍結在最後的收縮中。她來是要見這個人的，如今見到了，他沒有什麼特別之處，能夠解釋何以那封紫羅蘭色的信被退回了三次，之後，她能做的最好的事，就是回到她來的那個冷颼颼的地下房間，想辦法解決讓這個拉大提琴的蹩腳貨活下來的可惡運氣。死神用了兩個挑釁的字眼，蹩腳和可惡，想喚起她逐漸減少的煩惱感，但是這個努力失敗了。紫羅蘭色的信那件事，不能怪在睡在那裡的那人頭上，他根本不知自己正過著一個不再屬於他的生活，事情如果按照該發生的方式發生，他現在應該死了，埋了一週，他的狗像瘋狗似的，在城裡四處亂跑，尋找主人，或者不吃不喝，坐在大樓門口，等著他歸來。有一瞬間，死神放開了自己，往外擴張到牆壁，充滿整個房間，然後流入隔壁的房間，一部分的她停在隔壁房間，看著椅子上翻開的樂譜，是約翰・塞巴斯蒂安・巴赫在克滕創作的d大調第六組曲一〇一二號，她不用會讀譜就能知道，這首曲子如同貝多芬的第九號交響曲，以歡樂、人與人之間的團結、友誼和愛情為基調譜成的。然後，發生了一件非同尋常的事，一件難以想像的事，死神跪了下來，她現在有身體，所以她有膝蓋，雙腿雙腳，手臂手掌，一張她用手遮住的臉，以及不知為何在顫抖的肩膀，她是不會哭的吧，你不能指望這樣的人會哭，她無論去了哪裡，身後都會留下淚痕，而沒有一滴是她自己流下的。她既不可見，也非隱形，因此既不是骷髏，也非女人，她像空氣一樣輕盈地站了起來，回到臥室。那人沒有動。死神想，我在這裡沒有什麼可做的了，我要走了，來這一趟太不值得了，就只看到一人一狗在睡覺，也許他們夢見對方，人夢見狗，狗夢見人，狗夢見天亮了，牠的頭躺在人的頭旁邊，人夢見天亮了，他的左手抓著狗柔軟溫暖的身體，把牠緊緊抱在胸前。在衣櫃旁邊，有一張小沙發，擋住本來可以通向走廊的門，死神走過去坐下。她並不打算這樣做，但還是走到那個角落坐下來，也許是想起此刻她的地下檔案室裡有多冷。她的眼睛現在和男人的頭在一個水平線上，她清楚看到他的輪廓，在窗外隱約透進的橙黃光線的背景下，他的輪廓清晰可見，她又對自己說了同樣的話，沒有任何合理的理由留下來，但她立即與自己爭辯，有，有一個理由，而且是一個非常好的理由，因為這是城市裡，鄉村裡，世界上，唯一一所有人在破壞最嚴格自然法則的房子，這條自然法則將生死強加給我們，不問你是否想活，也不會問你是否想死。這個人已經死了，她想，所有注定要死的生命都已經死了，只需要我用拇指輕輕地彈一下他們，或者寄一封他們無法拒收的紫羅蘭色的信。這個人沒死，她想，再過幾個小時，他會醒過來，他將像每天一樣下床，他會打開後門，讓狗到院子裡方便，他會吃早餐，他會走進浴室，出來時精神煥發，洗了臉，也刮了鬍子，也許他會帶狗去街上散步，這樣可以一起去街角報亭買早報，也許他會坐在譜架前，再拉一拉舒曼的三首曲子，也許之後他會像所有人一樣思考死亡，儘管他此刻並沒有意識到，他彷彿是不朽的，因為死神化成人形，看著他，不知道如何要他的命。男人換了姿勢，背對著擋住門的衣櫃，右臂朝著狗躺著的一側滑下。一分鐘後，他醒來了。他覺得口渴。他打開床頭燈，站起身來，把腳塞進拖鞋裡，這拖鞋通常是給狗當枕頭的，他走進廚房。死神跟上去。男人倒了杯水喝。這時狗出現了，用後門旁邊的水盤解渴，然後抬頭看著主人。我看你是想出去吧，大提琴家說。他打開了門，然後等著狗回來。他的杯中還剩下幾口水。死神看著杯子，努力想像口渴的感覺，但想像不出來。她不得不讓人在沙漠渴死時，同樣也無法想像，不過當時她其實並沒有試著想像。狗搖著尾巴回來了。我們回去睡覺吧，男人說。他們回到臥室，狗轉了兩圈，蜷縮成一個球。男人把被子拉到脖子上，咳了兩聲，不久又睡著了。死神坐在剛才的角落看著。過了很久，狗從地毯站起來，跳到沙發上。死神生平第一次知道腿上有隻狗是什麼感覺。

誰都難免有脆弱的時刻，如果今天倖免，那麼明日一定難逃。如同阿基里斯的青銅鐵甲下跳動著一顆情感充沛的心，我們只要想想，阿伽門農偷走了他心愛的女奴布莉塞伊絲後，這位大英雄十年來承受了怎樣的妒火煎熬，然後再想想，後來赫克特殺了他的摯友帕特羅克洛斯，他又帶著何等強烈的怒火重返戰場，放聲狂嘯，把憤怒宣洩在特洛伊人的身上，同樣的道理，史上最堅不可摧的那副鎧甲，直到天荒地老都堅不可摧，這裡說的鎧甲自然是死神的骷髏，但有那麼一天，在這副鎧甲底下，有什麼不經意地鑽入那可怕的屍骨，可能是一聲輕柔的大提琴和弦，是一聲質樸的鋼琴顫音，或者只是看到椅子上打開的樂譜，都讓人想起了拒絕去想的那件事，你不曾活過，無論你做什麼，你都不曾活過，除非……你冷靜坐在那裡觀察睡著的大提琴家，你無法索命的男人，因為你找到他時，為時已晚，你看到狗蜷縮在地毯上，牠，你也動不了，因為你不是牠的死神，在漆黑溫暖的房間中，兩個已經屈服於睡眠的生命對於你的存在毫無知覺，反而令你意識到自己有多麼失敗。在那間公寓，習慣了能他人所不能的你，明白自己是多麼的無能，你束手綁腳，你的〇〇七殺人執照被判失效，承認吧，在當死神的日子裡，你從來沒有受過如此的屈辱。這時，你離開臥室去了音樂室，跪在約翰・塞巴斯蒂安・巴赫的大提琴第六組曲前，肩膀做了那種快速的動作，人類做這些動作時，通常伴隨著抽抽噎噎的哭泣，那時，你硬邦邦的膝蓋壓在硬邦邦的地板上，你的憤怒突然消失了，如同一團無法估量的迷霧，有時你不想完全隱形，就變成這種迷霧。你回到臥室，跟著大提琴家去了廚房，他喝水，給狗打開後門，先前你看到他躺著睡覺，現在看到他醒來起身的樣子，也許是睡衣的垂直條紋所造成的視覺錯覺，他似乎比你還要高大，但那是不可能的，那只是眼睛的小把戲，角度造成的失真，事實的純粹邏輯告訴我們，你，死神，才是最大的，比其他東西都大，比我們誰都要大。也許你不總是最大的，也許世上發生的事可以用機緣來解釋，例如，音樂家如果睡著了，記憶中童年時燦爛的月光，即便燦爛也是徒然，沒錯，機緣，因為你回到臥室，走到沙發上坐下時，再次變成了一個小死神，狗從地毯上爬起來，跳到你少女般的大腿上時，你變得更加嬌小了，然後你有了這樣一個可愛的想法，死神，不是你，是另一個死神，有一天會到來，熄滅這個柔軟的動物的溫暖餘燼，這是多麼不公平，你有那樣的想法，多麼不可思議，你習慣了你回去的那間房南北兩極般的寒冷，你那不祥的使命的聲音召喚著你，使命就是殺死那男人，他睡覺時齜牙咧嘴，那苦澀的表情似乎是因為從未與真正人類夥伴同床共枕，他和狗約好了，他們各自夢到對方，狗夢到人，人夢到狗，男人會夜裡起床，穿著條紋睡衣去廚房喝水，雖然就寢時帶一杯水到房間顯然更方便，但他沒有那麼做，情願夜裡沿著走廊慢慢走到廚房，在平靜無聲的夜裡，狗總是亦步亦趨，有時要求去院子裡放風，有時不會，這個男人必須死，你說。

死神再次成為一具披著屍布的骷髏，帽子低垂在額頭上，頭骨最可怕的部分仍舊掩著，雖然根本不值得費心如此遮遮掩掩，如果真的擔心嚇著人，也不必擔心，因為這裡沒有人會被她陰森森的模樣給嚇著，況且只有手指和腳趾的骨頭尖露在外頭，她的腳趾放在石板上，卻感覺不到石板的冰冷，銼刀似的手指從第一條開始翻閱她的歷史規章大全，第一條規則只有簡簡單單的四個字，汝必殺人，她一路翻到了最新的附錄和補遺，至今已知所有的死亡方式和變體都彙整在這部分，這份死法清單可說是無窮無盡。這一番查閱勞而無功，死神並不驚訝，這部規章大全給每一位人類代表定下了一個句號，一個結論，一個結局，一個死亡，在這本書中，如果能夠找到生命和生活這樣的字眼，找到我活著和我將活著這樣的句子，其實會顯得不倫不類，甚至是多此一舉。那部大全裡只有死亡的空間，容不下有人僥倖逃過一死該如何處理的荒謬假設。這種事前所未有。如果努力尋找，也許可能會找到一處，而且就這麼一處，在某個多餘的註腳中，找到了我活著這幾個字，但從來沒有人認真找過，因此就得出了一個結論，為什麼連活著的事實都不值得在死亡之書中提及，那是有一個很好的理由。理由是，死亡之書有個別名我們應當知道，那就是虛無之書。骷髏把規章推到一邊，站了起來。她在房裡繞了兩圈，這是她思索問題關鍵時的習慣，然後拉開放著大提琴家的資料卡的檔案櫃抽屜，把資料卡拿出來。這個動作恰好提醒了我們，由於敘述者單方面應受譴責的疏忽，我們還沒有談到這些檔案的運作機制，現在恰好是一個說明這個重要層面的良機，如果不說，機會將永遠不會再來。首先，與你的想像或許相反，歸檔在這些抽屜的一千萬張資料卡，不是死神填寫的，不是由她親手填寫的。當然不是，死神就是死神，又不是一個普通的檔案管理員。當一個人出生時，他的卡片就會立刻按字母順序出現在應該的位置上，在這個人死亡的瞬間，卡片也就立刻消失了。在使用紫羅蘭色的信以前，死神甚至連抽屜都懶得拉開，卡片來來去去，海波不揚，條理不亂，不記得有過什麼無趣的情況，像是誰說不想出生，誰又抗議不想死。一個人死了，不用誰來拿走，他的卡片自動會送到這個房間下面的房間，更確切地說，卡片會在地下一層一層的房間裡找到自己的位置，房間越往下越深，越靠近熾熱的地心，這些文件總有一天會在那裡燒毀。但在這個被死神和鐮刀占據的房間裡，不可能建立類似某個登記員所採用的標準，他將歸他管轄的生人死者的名字資料集中在一個檔案中，沒錯，一個都不能少，聲稱只有全部彙整在一起，才能代表應該被理解的全體人類，一個獨立於時間空間之外的絕對整體，之前把活人死人分開來，是對靈魂的攻擊。這就是我們眼前這位死神和負責生死文件的登記員之間的巨大區別，死神一副高高在上的姿態，輕蔑死去的人，甚至以這份輕蔑為榮，我們應當記住那句常說的殘忍名言，過去的就是過去了，登記員卻不同，由於我們現在所說的歷史意識，相信活著的人不應該與死去的人區分開來，否則的話，不只死者永遠地死了，就連生者也只能活一半，縱然最後像瑪土撒拉一樣長壽，順便說一下，瑪土撒拉享壽多少，這一點還有若干爭議，古馬索拉文獻記載他活了九百六十九歲，撒馬利亞五經則是說他死於七百二十歲。當然，不是人人都贊成登記員這個大膽的存檔方式，把所有已報和待報姓名都保存在一起，但是不妨姑且把他的提議留在這裡，以免日後派得上用場。

死神檢查資料卡，沒有發現任何她以前沒有見過的東西，也就是說，上面只有一位音樂家的生平，這位音樂家應該在一週前去世，然而，他仍然安靜地生活在他簡樸的藝術家公寓中，他的黑狗會爬上女士們的大腿，他家有鋼琴和大提琴，他夜裡會口渴，他穿條紋睡衣。一定有辦法來解決這種兩難的局面，死神心想，如果能在不引起太多注意的情況下解決，這自然是最好不過了，但如果最高的權威有任何作用，如果祂們的存在不只是為了獲得大量的榮譽和讚譽，現在祂們有一個絕佳的機會，可以證明祂們對那些在平原上辛勤勞動的人們並不是漠不關心，讓祂們改變規則吧，讓祂們採取一些特別的措施，讓祂們授權一些不法的行為，但絕不允許這樣的醜聞繼續下去。這件事怪的地方是，照理應該解決這個困境的高層究竟是誰，死神也不知道。的確，在她所寫並在媒體公開的一封信中，如果沒有記錯的話應該是第二封，她提到了一個宇宙死神，儘管沒有人知道什麼時候，這個死神會消滅宇宙中所有的生命表現形式，連最後一個微生物也不會放過，但是，這不只是一個哲學常識，因為沒有任何東西可以永遠長存，就連死神也不能，從實際情況來看，這個說法是由常識推論出來的，在不同領域地區的不同死神之間流傳甚久，雖然仍有待於由研究和經驗支持的知識來證實。死神心想，去除贅疣冗瘤的實際工作，由我們這些各領域地區的死神來負責，如果宇宙真的消失了，我一點也不會感到驚訝，這不是因為宇宙死神發表什麼莊嚴宣言，宣告的聲音在星系和黑洞之間迴蕩，而是我們負責的一樁樁個體死亡累積的結果，就像那句諺語，雞不是一粒一粒填滿嗉囊，而是起初就愚蠢地吐了乾淨，因為我認為這也是生命最可能發生的過程，忙著準備自己的結局，根本不需我們的幫助，甚至也不等我們施以援手。死神的困惑完全可以理解。她被派到這個世界太久了，久到記不得從誰那裡得到必要的指示，執行被託付的工作。他們把規章交到在她的手中，指出汝須殺人四個字，當成她日後活動的指引明燈，然後叫她好好過自己的生活，無疑沒有注意最後這句話中令人毛骨悚然的諷刺。她照著做了，以為如果出現疑問或一些不太可能的錯誤，總有後盾，總有一個誰，一個老闆，一個上司，一個精神導師，可以向他們尋求建議和指導。

死神和大提琴家的情況迫切需要冷酷客觀的分析，但拖得太久了，現在總算要開始分析，反而叫人難以置信，幾千年來，有個完備的資訊系統讓檔案時時更新，不斷修改數據，資料卡隨著人的生死而出現消失，同樣難以置信的是，這麼一個系統如此原始，如此單向作業，因此可以這麼說吧，資訊來源不管是哪裡，並沒有不斷接收死神地面日常活動所產生的所有數據。如果它其實收到了這些數據，卻沒有對有人該死卻沒有死的異常消息作出反應，那麼有兩件事中的一件會發生，它違背了我們所有的邏輯和自然期望，認為這個事件毫無意義，也就沒有義務加以干預，消除引發的困難，或者我們必須假設，死神與她個人認知相反，其實擁有絕對的自主權，可按照她認為合適的方式解決日常工作可能出現的問題。懷疑一詞說了一兩次以後，死神才想起來規章中有一段話，因為那段話用極小的字體所寫，而且放在註腳，吸引不了也抓不住篤志好學的人的注意力。死神放下大提琴家的資料卡，捧起規章大全。她知道她要找的東西不在附錄裡，也不在補遺中，絕對是早期訂定的規章，歷史最為悠久，如同基本的歷史文獻一樣最少查閱，她果然在那裡找到了。上面是這麼寫的，如有疑問，死神必須根據經驗盡快採取行動，實現始終指導她的行動的願望，也就是到了出生時規定的時間，就結束那個人的生命，縱使為了達到目的，碰上下述情況不得不採用不太正統的方法，比如人對致命的判決表現出異常程度的抗拒，或者出現在制定這些規章時無法預見的異常因素。所以再清楚不過了，死神可以自由按照她認為最好的方式行事。我們分析這件事就會知道，這幾乎不是什麼新鮮事。想想這些事實就知道了。死神決定自今年一月第一天起停止活動，那是出於自己的考量，也是冒著自己的風險，她那空洞洞的腦袋裡甚至沒有想到，階級組織裡某個上級可能要求她解釋這個怪異行為，就像她根本也沒有考慮到，她發明了古色古香的紫羅蘭色信函，可能會被該上級或另一位位階更高的上級反對。靠自動操舵裝置工作，單調的工作，長時間做相同工作，就會帶來這樣的危險後果。比方有一個人，或有一個死神也可以，她日復一日認真履行職責，沒有遇到任何問題，沒有任何疑問，一心一意遵守上面所制定的規則，過了一段時間，如果沒有人來探聽她如何完成工作，那麼有一件事是肯定的，那個人最後會不知不覺在每件事上表現得好像是個女王，是個女主人，什麼時候去做，怎樣去做，也都是她自己說了算。唯有這個原因可以合理解釋何以她從來不用向上級請求授權，就能做出一系列重大的決定，按照一己決定行事，這些決定我們也一一描述過了，少了這些決定，這個故事就不可能存在，也不知是幸還是不幸。而她自己根本沒有想到要這麼做。她發現，按她認為合適的方式處置人的生命的權力，原來獨屬她一人，她不會被要求向任何人解釋自己的想法，今天不會，以後也不會，難以壓抑這份喜悅之情，但矛盾的是，就在這一刻，正當榮耀的香氣要迷惑她的感官時，她也無法抑制一種恐懼的心情，就像一個人差點被揭發時，奇蹟般地在最後一刻逃脫了一劫，這時這種恐懼的心情就會襲上心頭，呼，剛剛好險。

然而，現在從她的椅子上站起來的死神是一位女王。她不應該像是被活埋似的，住在這個冷颼颼的地下房間，她應該住在巋然山巔，主宰世界的命運，仁慈俯視著羊群般的人類，看他們四處亂竄，不知自己正朝著同一個方向走，不管是向前一步，還是後退一步，他們都會更靠近死神，都一樣，因為一切只有一個結局，你的一部分將永遠不得不考慮的結局，這個結局是你無望的人性上的黑色汙點。死神拿著資料卡。她知道她必須用它做什麼，但她不太清楚是什麼。首先，她必須冷靜下來，記住她還是以前的那個死神，沒有一絲一毫的不同，今天和昨天的唯一區別是，她更確定自己是誰。其次，她終於可以和大提琴家決一勝負了，但這並不是忘記寄出今天信件的理由。這念頭不過是在腦中轉了一下，桌上立刻出現兩百八十四張資料卡，一半是男人，一半是女人，還有兩百八十四張信紙，兩百八十四個信封。死神再次坐下來，把資料卡放在一邊，開始寫信。當她簽完第兩百八十封信時，四鐘頭沙漏中的最後一粒沙子剛剛溜過。一個小時後，信封封妥，可以寄出了。死神去拿來那封三寄三退的信，放在那疊紫羅蘭色的信封上，我給你最後一次機會，她說。她用左手打了習慣的手勢，信就不見了。不到十秒鐘，寫給音樂家的信悄無聲息出現在桌子上。死神說，如果你就要這樣，那好吧。她槓掉資料卡上的出生日期，改成了晚一年，又修改他的年齡，原本寫著五十歲的地方，改成四十九歲。你不能那麼做，鐮刀說；做都做了；會有後果的；只有一個後果；是什麼；嘲笑我的那個可憐大提琴家終於死了；但這個可憐人不知道他應該死了；我認為他可能知道；即使如此，你也沒有權力或權限改變資料卡上的資料；這你就錯了，我擁有我需要的一切權力和權威，我是死神，從今天起，我擁有的權力更大，權威更高；你不知道你在做什麼，鐮刀警告；世上只有一個地方死神無法進入；哪裡；他們所說的棺材、靈柩、墳墓、骨灰甕、墓穴、合窆，我進不去，只有活人可以，當然，在我要了他們的命之後；這麼多的單字，說的都是同一件叫人傷心的東西；人就是這樣，他們從來都不太確定自己的意思。

死神自有計畫。改變音樂家的出生年分只是行動的第一步，我們現在就可以告訴你，這次行動採取一些特殊手段，在人類與其最古老最要命的死敵的關係史上從未用過。如果這是一盤西洋棋，死神已經出了王后。再走幾步應該就能闢出一條將死之路，結束這一局。現在可能有人會問，死神怎麼不乾脆恢復原狀，人死只是因為必須要死，用不著等郵差送來一封紫羅蘭色的信。這個問題問得有道理，但回答也同樣有著充分的理由。首先，這是一個關乎榮譽、決心和職業尊嚴的問題，如果死神回到過去的純真時代，在每個人的眼裡，這無異於承認失敗。既然目前的方法用到了紫羅蘭色的信，那麼大提琴家肯定也得以同樣的方式死去。我們只需要設身處地站在死神的立場去想，就能明白背後的道理。如同我們前面四次看到的情況，主要問題還是沒有解決，該怎麼把這封已經令人厭煩的信送到收件人手中呢，要實現這個夢寐以求的目標，就需要用上前面提到的特殊手段。但先別猜想是什麼，讓我們看看死神現在在做什麼。此時此刻，死神跟平常一樣，沒做什麼，套用現在的說法，她正在那邊放空，這麼說其實不準確，死神從不放空，死神始終都在放空。在任何一刻，她無所不在。她不用追著人跑，逮住他們，她一直都在他們所在的地方。現在，有了寄送通知的新方法，如果她願意的話，也可以只是靜靜坐在地下房間，等待信件自己完成任務，只是沒辦法，誰叫她的天性就是精力充沛，強壯又好動。俗話說得好，雞籠關不住放養雞。用這個比喻來說，死神就是在農家院子放養的雞。能夠無限制擴張的本性是她最大的優點，她不笨，也沒有軟弱到不可原諒的地步會去壓抑本性，因此，她不會重複前一天晚上的痛苦過程，把全副精力集中在能見度邊緣，而不是真正走到另一邊，在音樂家公寓度過的那幾個小時，她可是付出了極大的代價。我們已經說過一千零一次，她無處不在，所以她此時也在那間公寓。狗在院子裡睡覺，曬著太陽等著主人回家。牠不曉得主人去了哪裡，也不知道主人出門做什麼，牠曾經有過一路追隨他去的念頭，但現在不會再有了，因為在一座首都裡，好聞和難聞的味道如此之多，太容易讓人暈頭轉向。我們認為，狗所知道的關於我們的事，我們自己也知道。然而，死神知道大提琴家坐在劇院的舞臺上，坐在指揮家的右邊，坐在與他演奏的樂器相對應的位置，她看到他用靈巧的右手拉弓，她看到他同樣靈巧的左手在琴弦上上下移動，儘管她從來沒有學過音樂，連基本的音樂理論或者所謂的四三拍也不懂，她在半明半暗中也碰過那把琴。指揮中止排練，拿起指揮棒往譜架邊上敲了幾下，說了幾句評論，又發出一個命令，他希望大提琴，只有大提琴，在這一段中發出聲音，但看上去又沒有在演奏，一種音樂家似乎不費吹灰之力就能掌握的音樂把戲，這就是藝術，外行人眼中看來是不可能的事情其實沒那麼難。不用說，死神充滿了整座劇院，上至最高樓，遠至天花板上的寓言畫和還未點亮的巨型吊燈，但她此時最喜歡從舞臺上方包廂看出去的視角，離舞臺非常近，以微斜的角度面向低音弦樂組，包括中提琴，提琴家族中的女低音，大提琴，相當於男低音，低音提琴則是聲音最低沉的。死神就坐在那裡，坐在一把深紅色軟墊窄椅上，定定望著首席大提琴家，她曾看過那人熟睡的樣子，他穿條紋睡衣，養了條狗，此刻狗正在院子裡的陽光下睡覺，等著主人回來。那就是她的男人，一個音樂家而已，就跟其他近百個男男女女一樣，坐成半圓形，圍著他們的薩滿巫師，也就是指揮，這些人在未來某個星期、某個月或某年的某一天，都會收到一封紫羅蘭色的信，然後空出他們的位置，讓給另一個小提琴手、長笛手或小號手坐，也許也換了一個薩滿巫師，揮動指揮棒召喚聲音，人生是一支樂團，無休無止地演奏，合拍也好，不合拍也罷，人生也像鐵達尼號，不斷沉船，又不斷浮出水面，就在此時，死神突然想到，自己也可能有無事可做的時候，如果沉船再也沒能浮起來，再也沒有海水從甲板傾瀉而下，唱著喚起記憶的動人歌聲，就像女海神安菲特里忒誕生時吟唱的混漾之歌，像一聲低聲的歎息，滴在她那曲線起伏的身軀上，於是她變成了環繞海洋的女神，這也正是她的名字的涵義。死神想知道海神安菲特里忒如今何在，涅羅斯和多麗絲的女兒如今何在呢，她可能永遠不曾存在於現實，卻短暫地棲身於人類的心靈，在其中同樣短暫地創造一種賦予世界意義的方式，一種尋覓理解現實的方法。但他們不能理解，死神想，他們無論如何努力也都理解不了，因為他們生命中的一切都是暫時的，飄搖不定，轉瞬即逝，眾神啊，人類啊，過去的一切，都過去了，現在的，也不會永遠都在，即使是我，死神，也會在無人可以結束生命的時候結束，無論是傳統手法還是郵遞寄信。不管她用哪一部分來思考，我們知道，這種想法已經不是第一次出現了，但這個念頭頭一次讓她感到深切的慰藉，就像一個人好不容易完成了任務，慢慢向後靠倒，可以放鬆休息了。突然間，樂團安靜了下來，只聽到大提琴的聲音，這就是所謂的獨奏，適度的獨奏最多也就兩分鐘長，一個聲音彷彿從薩滿的召喚力量中升起，也許是以所有現在沉默的人的名義說話，連指揮也是一動不動，他看著把約翰・塞巴斯蒂安・巴赫第六組曲一〇一二號d大調作品樂譜放在椅子上的音樂家，音樂家永遠不會在劇院表演這套組曲，因為他只是樂團裡的一個大提琴家，儘管他是首席大提琴家，卻非那種巡迴世界演奏，接受採訪，接受鮮花、掌聲、讚揚和獎章的知名音樂會藝術家，他運氣不錯，幸虧某個有雅量的作曲家，還會想起樂團罕有新鮮事的這一面，所以他偶爾能去一些酒吧獨奏。排練結束後，他把大提琴收到盒子裡，搭計程車回家，計程車的行李箱要夠大，今晚晚餐後，他或許會把巴赫組曲的樂譜放在架上，深吸一口氣，用琴弓拉琴弦，由此誕生的第一個音符能安慰他因為無可救藥的庸俗世事所傷的心，其次，如果可能的話，將使他忘卻那些世事，獨奏結束後，樂團其他成員淹沒了大提琴最後的回聲，薩滿威嚴地揮著指揮棒，回到了他的角色，聲音靈魂的召喚者和嚮導。死神為她的大提琴家的演奏感到驕傲。她彷彿是某個家人，他的母親，他的姐妹，他的未婚妻，不是他的妻子，因為這個男人並未結婚。

接下來的三天，除了跑回地下房間匆匆寫信寄出，在其餘的時間，死神不只是他的影子，更是他呼吸的空氣。影子有一個嚴重的缺陷，一旦失去光源，也就失去自己的位置，消失了。在載他回家的計程車上，死神就在他身邊，他進公寓，死神也進了公寓，她仁慈地觀察到狗一見到主人回來就狂吠不止，然後自己也不客氣，像受邀一樣逗留了一下。對於不需要移動的人來說，這很容易，她也不介意自己是坐在地板上還是坐在衣櫃頂上。樂團排練到很晚才結束，天馬上就要黑了。大提琴家給狗一些食物，自己用兩個罐頭做晚餐，把需要加熱的東西加熱，在餐桌上鋪了一塊布，擺上刀叉餐巾，倒了些酒到杯子裡，不慌不忙把第一口食物放進嘴裡，彷彿若有所思。狗在他旁邊坐下，主人可能在盤子裡留下的任何剩菜都會是牠的甜點。死神看著大提琴家。她實在分不清長得醜和長得漂亮的人，因為她只熟悉自己的頭骨，總是忍不住想像充作我們商店櫥窗的那張臉下面的頭骨輪廓。如果實話實說，在死神的眼中，我們基本上是同樣醜陋，即使在我們可能成為選美皇后或選美國王的年代。她欣賞大提琴家強健的手指，猜測他的左手指尖一定越來越硬，甚至可能長了點老繭，生命可能在某方面是不公平的，左手就是一個很好的例子，即使拉大提琴的苦勞都由它來完成，從觀眾那裡得到的掌聲也遠遠少於右手。晚飯一吃完，大提琴家就洗了盤子，小心疊好桌布餐巾，收到碗櫃的抽屜，離開廚房前，他環顧四周，看看是否有什麼東西放錯了地方。狗跟著他進了音樂室，死神正在那裡等著他們。與我們在劇院時的推測相反，那位大提琴家並沒有演奏巴赫的組曲。某天，樂團裡的幾個同事聊天，開玩笑談起能不能用音樂替人畫肖像，要畫得傳神逼真，不能像穆索斯基用音樂描繪對窮富猶太人那兩幅畫的印象，他當時說，如果真的能用音樂來當肖像，他的肖像不會是一首大提琴曲，而是蕭邦一首極短的練習曲，作品二十五號第九首降g大調。同事問為什麼，他回答說，他就是在其他任何樂曲中都看不到自己，這對他來說，沒有比這更好的理由。在短短五十八秒的時間，蕭邦淋漓盡致描述了一個他永遠不可能遇到的人。之後的那幾天，樂團裡比較幽默的同事跟他開了個友善的玩笑，叫他五十八秒鐘，不過這個綽號太長了，很難一直叫下去，況且跟這樣的人對話，很難保持一來一往，畢竟你問他任何問題，他都決意用五十八秒鐘來回答。最後，大提琴家贏得了這場友誼賽。他彷彿感覺到公寓裡有第三者存在，出於自己也說不清的理由，覺得應該向這個人談談自己，但即使只是描述最簡單的生活，內容要充實，也難免長篇大論，為了避免這種情況，大提琴家在鋼琴前坐下，稍作停頓，等待觀眾靜下心來，接著才開始彈奏。狗半睡半醒躺在譜架旁，似乎不太在意頭頂上方掀起的這場聲音風暴，也許因為曾經聽過，也許因為聽了也不能加深對主人的認識。然而，死神執行任務時聽過太多的音樂，特別是蕭邦的葬禮進行曲，貝多芬第三交響曲的甚慢板，她，在其漫長的一生，第一次感覺到內容和表達方式能夠如此完美結合。她不太關心這是否為大提琴家的音樂肖像，他聲稱的相似之處，無論是真實抑或想像，多半是他腦子裡編出來的，但死神印象深刻的是，在這五十八秒長的音樂中，因為悲愴的短促，因為絕望的強烈，也因為最後的和弦如懸在半空的省略號，話還沒說，她彷彿聽到每一個人生命的節奏和旋律的轉換，無論人生是平淡無奇，還是大放異彩。大提琴家犯了人類最不可饒恕的罪之一，傲慢，在一幅能找到每個人的肖像中，他以為他能看到他的臉，只有他的臉，然而，如果我們想一想，如果我們選擇不停留在事物的表面，傲慢同樣可以被解釋為完全相反的表現，也就是謙遜，如果這首曲子是每個人的肖像，那麼我也必然也包括在其中。死神猶豫了，傲慢還是謙遜，她無法做出判斷，為了打破僵局，一次就做出判斷，她開始興味盎然地觀察大提琴家，等待他臉上的表情向她揭示她需要知道的東西，或者他的雙手，因為雙手就像兩本打開的書，有著戀愛線，有著生命線，是的，生命，女士先生們，你們沒有聽錯，生命，這不是出於手相術提出的真實或假想的原因，而是當它們張開和握起時，當它們愛撫或攻擊時，當它們擦拭眼淚或掩飾微笑時，當它們放在肩上或揮手告別時，當它們工作時，當它們靜止時，當它們睡覺時，當它們醒來時，那雙手是會說話的，死神觀察完畢，得出了結論，傲慢的反義詞不是謙遜，即使世上所有字典都一口咬定就是謙遜，可憐的字典，它們只能用現有的詞語來管理自己，支配我們，其實還有許許多多的字沒有出現，例如，這個應該與傲慢截然相反的詞，絕對不是俯首帖耳的謙卑，這個詞我們清楚地看到寫在大提琴家的臉龐雙手上，它卻不能告訴我們它叫什麼。

第二天恰好是週日。當天氣像今天這樣晴朗時，大提琴家習慣帶著狗和一兩本書到城市某個公園度過一個上午。狗從不走遠，即使本能讓牠嗅著同類的尿液，從一棵樹移動到另一棵。牠不時抬起一條腿，但不會再進一步滿足排泄需求。另一個需求姑且說是補充的排泄程序吧，牠會在自家院子勤勤懇懇地執行，這樣大提琴家便不必追在後頭撿拾牠的排泄物，拿著專為此目的設計的小鏟子，裝到塑膠袋中。這可以當成犬類訓練的優良範例，不過其實這是狗自己的主意，牠認為一個音樂家，一個大提琴家，一個致力於優雅演繹巴赫第六組曲d大調作品一〇一二號的藝術家，來到這個世界上，不是為了撿起他家或別人家的狗還在冒熱氣的大便。這太不適宜了。有一天，牠和主人談話時才說過，巴赫絕對沒幹過那種事。音樂家回答，時代已經大不相同了，不過他也不得不承認，巴赫確實不可能幹過那種事。我們這位音樂家顯然熱愛大眾文學，不過只要到他的書房隨便找個書架一看就知道，他對天文學、自然科學和自然界的書籍也有著特殊的偏愛，今天就帶來了一本昆蟲學手冊出門。他不具任何背景知識，所以也沒指望從書中學到很多，不過他欣然得知，原來地球上有近百萬種昆蟲，分為兩個亞綱，有翅亞綱，就是長翅膀的，還有無翅亞綱，就是沒長翅膀的，往下依次又分為直翅目，比如蚱蜢，蜚蠊目，比如蟑螂，螳螂目，比如螳螂，脈翅目，比如草蛉，蜻蛉目，比如蜻蜓，蜉蝣目，比如蜉蝣，毛翅目，比如石蛾，等翅下目，比如白蟻，隱翅目，比如跳蚤，蝨目，比如虱子，食毛目，比如羽虱，異翅亞目，比如臭蟲，同翅目，比如木虱，雙翅目，比如蒼蠅，膜翅目，比如黃蜂，鱗翅目，鬼臉天蛾，鞘翅目，比如金龜子，最後，還有櫻尾目，比如蠹魚，從書上圖片可以看到，鬼臉天蛾的拉丁學名叫acherontia atropos，是一種夜行性飛蛾，胸節背上有酷似人頭骨的圖案，翼展長達十二公分，顏色暗沉，後翅是黃色和黑色。學名中的atropos就是終結生命的命運女神。音樂家不知道，甚至也不可能想像會有這樣的事，死神此刻正越過他的肩頭，看著那隻飛蛾的彩色照片看到了入迷。入迷了，也困惑了。還記得吧，是另一個命運女神，不是這一個，負責昆蟲從生命到非生命的過程，也就是說，殺死牠們，在很多情況下，兩者索命方式雷同，但也有很多例外，只要指出一點你就會明白，昆蟲不會死於人類常見疾病，諸如肺炎、肺結核、癌症、更常被稱為愛滋病的後天免疫缺乏症候群、車禍或心血管疾病等等。這誰都能懂。她繼續越過大提琴家的肩頭窺視，更費解的，也是讓死神感到困惑的，是一個人類的頭骨，不知是在世界創造的哪個時期，竟然絲毫不差地出現一隻毛茸茸的蛾背上。沒錯，人體身上有時也出現小飛蛾小蝴蝶，但都只是簡單的人為設計，普通的刺青，並非與生俱來。也許曾經所有的生命都是同一種，死神心想，只是後來各自的特色越來越明顯，逐漸分成了五界，原核生物界、原生動物界、真菌界、植物界和動物界，隨著時間推移，各界底下又產生了無數整體與局部的分化，在這場縱橫交錯的生物混戰中，如果某生物的特性出現在另一生物身上，一點也不足以為奇吧。比方說，這就可以解釋，為何這種名為鬼臉天蛾的蟲子背上會有一具令人不安的白色頭骨，牠的名字也很有意思，不只帶了個鬼字，剛好也是一條流經冥界的河流的名稱，曼德拉草根和人體之間為何有著令人不安的相似，也可以從這個角度來解釋。然而，持續越過大提琴家肩頭目不轉睛看著書的死神，她的思緒已經走上了另一條路。她這時很難過，因為她想到了，如果她當初不要寄那什麼紫羅蘭色的信，用鬼臉飛蛾當信使有多好，但是當時她認為寄信是一個絕頂聰明的主意。這種飛蛾永遠不會想到飛回來，牠的胸節上就印著牠的使命，牠就是為此而生的。除此之外，震撼效果也會和普通郵差送上一封信截然不同，我們看到一隻十二公分寬的飛蛾在頭頂盤旋，黑暗天使亮出黑黃相間的翅膀，冷不防掠過地面，繞著我們畫了一個圓，於是我們永遠也走不出那個圈子，然後牠垂直飛起，胸節上的頭骨就在我們的面前。毫無疑問，我們會不吝為牠們的雜技表演報以熱烈的掌聲。不難發現，掌管我們人類的死神還有很多東西有待學習。我們都知道，蛾不在她的管轄範圍。不只飛蛾，其他的動物，幾乎數不清的品種，都不歸她管。她必須和她在動物部門的同事達成協議，就是負責這些自然物種的同事，借調幾隻鬼面飛蛾，然而，遺憾的是，考量到他們各自領土和相應的居民群體有很大的差異，這位同事多半會擺出傲慢的姿態，專橫跋扈地拒絕，因為即使在死神界，一盤散沙也並非只是無意義的措辭。只要想想那本基礎昆蟲學手冊中提到的上百萬種昆蟲，可以的話，也想像一下每個物種的個體數量，難道你不會認為地球上的微小生物一定多過天空的星星嗎，在宇宙中，如果你想給這個動輒激變的宇宙一個更詩意的名稱，那就稱它為星際空間好了，在這星際空間，我們不過是小小一坨即將消失的屎。人類目前只是七十億男女組成的小群體，不足掛齒，或密或疏分布在五大洲，掌管人類的死神是下屬，是次等的死神，對自己在死神階層的地位也心知肚明，所以報紙用大寫d印出她的名字，她還老老實實去函澄清。儘管如此，既然夢想之門輕易就能開啟，人人都可以自由獲得夢想，我們甚至不用為它們繳稅，死神現在已經不再從大提琴手的肩頭上望過去，而是陶醉在想像中，在她的指揮下，飛蛾大軍在桌子排列成行，她一一唱名，下達命令，飛去那裡，找到某某某，讓他看到你背上的鬼臉，然後回來。音樂家會以為他見到的鬼臉天蛾是直接從打開的書頁裡飛出來，那會是他最後一個念頭，停在視網膜上的最後一個影像，他不會像傳說中馬賽爾・普魯斯特的臨終所見，一個黑衣胖女人來宣布他的死亡，或者如獨具慧眼的臨終病人所聲稱，看到一個披著白布的鬼怪。一隻蛾子，又黑又大，絲薄般的翅膀簌簌震動，背上有一個形似骷髏頭的白色印記，如此而已。

大提琴家看了看鐘，發現早過了午餐時間。狗大約十分鐘前就在想這件事了，牠坐在主人身邊，頭枕在主人的膝上，耐心等候他回到這個世上來。不遠處有間小館子，提供三明治一類的點心小吃。來公園的早晨，大提琴家經常去那裡光顧，總是點一樣的東西。兩個鮪魚美乃滋三明治加一杯酒給自己，給狗則是來一份五分熟牛肉三明治。天氣若好，像今天這樣，他們就坐在樹蔭下的草地上，邊吃邊聊。狗總是把最好的部分留到最後吃，先狼吞虎嚥麵包片，然後才沉醉在吃肉的樂趣中，不慌不忙，認真咀嚼，細細品味著肉汁。大提琴家吃得心不在焉，根本不想他在吃什麼，他在思考巴赫的d大調組曲，尤其是前奏曲和一個困難不已的段落，拉到那一段，他有時會停頓、猶豫、懷疑，對一個音樂家來說，人生中沒有比這更糟糕的事了。吃過飯後，他們並排躺下，大提琴家打了個盹，不一會兒狗也睡著了。他們醒來要回家時，死神也隨之而去。狗跑去院子裡清腸子，大提琴家把巴赫組曲的樂譜放在架子上，翻到棘手的段落，這段極弱音實在難到見鬼，他再次經歷那難以釋然的猶豫時刻。死神為他感到惋惜，可憐人，最不幸的是，他已經沒有時間練好了，自然誰都不能，即使那些很接近的人也總是不準。這時死神第一次注意到房間裡沒有一張女人的照片，只有一張上了年紀的女人的照片，顯然是大提琴家的母親，陪在一旁的男人肯定是大提琴家的父親。

我要請你幫個大忙，死神說。如往常一樣，鐮刀沒有反應，只有一個微乎其微的顫動，表示它聽到了，這也是一種普遍表達驚愕的肢體語言，因為死神的嘴裡從沒說過這樣的話，幫個忙，還是幫一個大忙。我要出門一週，死神繼續說，在這段時間裡需要你幫我發送信件，當然，我不會要你寫信，你送信就好了，你只需要從內心發出指令，讓刀刃內部振動，發出一種感覺，一種情緒，隨便什麼，只要證明你還活著，就能確保信件往目的地出發了。鐮刀仍舊沉默不語，但這種沉默相當於問號。因為我不能跑來跑去處理信件，死神說，我得專心解決這個大提琴家的問題，設法把那封可惡的信交給他。鐮刀等著。我的計畫是這樣的，死神繼續往下說，我出門前，會把那一週的信通通寫好，鑒於情況特殊，我允許自己這樣做，就像我說的，你只要發送出去就好了，你繼續靠著牆，連挪動一下也不必，你看，我對你很客氣，以一個朋友的立場求你幫我這個忙，我本來可以不用客氣直接對你下命令，這幾年我沒怎麼用著你，不代表你不再為我效勞了。鐮刀服從的沉默證實這是事實。那麼，就這樣說定了，死神說，我今天就全天寫信，算了算，大約有兩千五百封，想想看，肯定得寫到破皮見骨了，我會幫你把信放在桌子，分成一疊疊，從左到右，記住了，是從左到右，明白嗎，從這裡到這裡，如果人開始在錯誤時間收到通知，無論是早了還是晚了，我會陷入另一個可怕的大麻煩。俗話說，沉默即同意。鐮刀保持沉默，因此是同意了。死神坐下來工作，把身上屍布的兜帽甩到後面，以免阻礙視線。她寫啊寫，時間一小時一小時過去了，她仍然在寫，又是信紙又是信封，然後必須摺好信紙，封上信封，有人會問，她既沒舌頭，也不會分泌唾液，怎麼黏信封呢，我的朋友，你說的是舊日美好純樸的手工時代，現代化時代才見到一絲曙光，人仍活在石器時代，如今信封都是自黏信封，只要撕開小紙條就可以了，事實上還可以這麼說，舌頭有眾多用途，這個用途已經成為過去式。死神確實寫到破皮見骨，因為她本來就全身骨頭。這是慣用語的特徵，我們持續使用，即使這種說法早已經偏離了原意，例如忘了死神本來就是一具骷髏，身上怎樣也只有骨頭，不信拍張X光片瞧瞧。她照慣例輕蔑地把手一揮，今天的兩百八十多封信送入了超然的空間，也就是說，大鐮刀是從明天起才要履行適才被託付的寄信職責。死神一言不發，甚至沒有說聲再見或晚點見，就從椅子站起來，走到房裡僅有的那扇門前，也就是我們經常提到的小窄門，但門通往哪裡，我們一無所知，她打開門，走進去，把門關上。鐮刀激動不已，從刀尖一路顫抖到刀柄。在鐮刀的記憶中，那扇門從未被使用過。

幾個小時過去了，太陽終於升起了，但太陽不是在這個冰冷慘白的房間升起，這裡總是亮著蒼白的燈泡，彷彿是為了替一具害怕黑暗的屍體趕走陰暗。時候尚早，還不到鐮刀下令讓第二堆信從房間裡消失的時刻，可以再多睡一會兒。徹夜不曾闔眼的失眠者常常這麼要求，只求再一會兒，一會兒就好，以為這樣就能夠騙到睡眠，這些可憐人，連一分鐘休息時間也沒得到。那幾個小時，鐮刀獨自一人，試著解釋死神為何能夠走出一扇密封的門，那道門受到永恆的詛咒，鐮刀在這裡有多久，門肯定就被詛咒了多久。最後，它放棄了找出解釋的努力，遲早有一天，它會知道那扇門背後發生了什麼，因為死神和鐮刀之間幾乎不可能有祕密，就像鐮刀和揮舞它的手之間也沒有祕密一樣。鐮刀並沒有等待太久。當門打開，一個女人出現時，時間只過去了半個小時。鐮刀聽說這種事確實可能發生，死神可以把自己變成一個人，最好是女性，這是她的正常性別，但一直認為那只是一個故事，一則神話，一段傳說，就像其他許多故事一樣，例如，鳳凰從自己餘燼中重生，月亮上有個揹著一捆柴火的男人，因為他在安息日工作，孟喬森男爵拽著自己的頭髮，從沼澤地中救出自己和他的馬，特蘭西瓦尼亞的吸血鬼怎麼殺都不會死，除非用一根木樁刺穿他的心臟，愛爾蘭有一塊著名的老石頭，當真正的國王摸它時，它就會叫出聲來，伊庇魯斯溫泉可以澆熄點燃的火炬，點亮尚未點燃的火炬，婦女用她們的經血塗抹田地，增加播下的種子的繁殖能力，狗那麼大的螞蟻，螞蟻那麼小的狗，第三天復活，因為復活不可能在第二天。你看起來非常漂亮，鐮刀說，的確，死神確實看起來非常漂亮，她很年輕，人類學家的計算沒錯，大約三十六或三十七歲，你說話了，死神驚呼；我認為我有很好的理由，不是每天都能看到死神化成她的對頭的物種；所以不是因為你認為我看起來很漂亮；噢，那也是理由，那也是，但即使你以一個黑衣胖女人的模樣出現，我也會說話，就像馬塞爾・普魯斯特先生面前的那個人；嗯，我不胖，也不穿黑衣服，而且你不知道馬塞爾・普魯斯特是誰；基於明顯的原因，我們這些鐮刀，無論是砍人的還是割草的，都沒有學過認字，但我們有美好的記憶，我記得鮮血，它們記得草汁，而且我聽過普魯斯特的名字好幾次，把聽過的事實綜合起來，他是一位偉大的作家，有史以來最偉大的作家之一，他的檔案一定在舊檔案的某個地方；沒錯，但不在我的檔案中，我不是要了他的命的那個死神；所以這個馬塞爾・普魯斯特先生不是本地人，鐮刀問；不是，他在另一個國家出生，一個叫法國的地方，死神回答說，她的話裡夾著一絲悲傷；別擔心，你可以這麼安慰自己，不是你今天漂亮的樣子殺死了普魯斯特，鐮刀說；你也知道，我一直把你當朋友，但我的悲傷和沒能殺死普魯斯特無關；那是什麼原因；我不確定我能解釋清楚。鐮刀給了死神一個疑惑的眼神，認為最好改變話題，你在哪裡找到你穿的衣服，它問；那扇門後面有很多選擇，它就像倉庫，就像大劇院的更衣間，幾乎有數以百計的衣櫃，數以百計的人體模型，衣架更是成千上萬；帶我去那裡，鐮刀懇求；這有什麼意義，你對時尚風格一無所知；看你一眼，我就知道你知道的也不比我多，你穿的衣服看起來一點都不搭；你沒離開過這間房，根本不知道現在的人怎麼穿著；根據我的記憶，那件上衣非常像我還過著活躍人生時的衣服；我告訴你我在街上看到了什麼吧，時尚會週而復始，來了又去，去了又來；不用告訴我，我相信你；你不覺得這件上衣和褲子和鞋子的顏色很配嗎；很配，鐮刀同意；跟我戴的無邊帽也很搭；那也很搭；還有這件皮毛大衣；對；還有這個側背包；你說得沒錯；還有這對耳環；哎呀，我放棄；就承認吧，我美得難以抗拒；那就要看你想迷倒什麼樣的男人了；但你不是認為我很漂亮；我一開始就說了；那樣的話，再見了，我週日回來，最遲週一，別忘天天寄信，你整天靠著牆不動，這任務應該不難吧；信你帶著了吧，鐮刀問，決定不被諷刺激怒；帶了，在這裡，死神一面說著，一面用修剪整齊的指頭輕敲背包，那纖纖玉手沒有誰見了不想親吻。

大白天死神現身在一條兩側是牆的窄街上，這裡近乎是城郊了。沒有一扇門或入口可以讓她出現，也沒有蛛絲馬跡讓我們重建她從冷颼颼地下房間到這裡的路徑。陽光並沒有讓她空蕩蕩的眼窩感到不適，就像考古發掘的頭骨，即使光線突然照射到臉上，也不用垂下眼皮，而人類學家興沖沖地宣布，他發現的這具骨骼具有尼安德塔人的種種特徵，不過隨後的檢測卻顯示，它只是一個普通的智人。然而，這個扮成了女人的死神，卻從袋子裡拿出一副墨鏡，保護她現在這雙人類的眼睛，以免染上討厭的結膜炎，還沒有習慣夏日明媚晨光的人，感染結膜炎的風險較高。死神沿著街道走下去，來到牆的盡頭，第一批房屋出現了。從這時起，她發現自己已經來到了熟悉的地方，從這裡開始直到城鄉的邊境，在她面前展開的所有房子中，沒有一戶她不曾造訪，最少也去過了一趟，兩週後還得進入那邊正在施工的大樓，讓一個心不在焉腳底疏忽的泥瓦匠從鷹架上跌下來。遇到這種情況，我們經常說人生就是這樣，其實更準確的說法應該是，死亡就是這樣。我們不會給剛上計程車的墨鏡小姐死神這個名字，還可能認為她猶如生命的化身，上氣不接下氣追著她跑，如果攔得下另一輛計程車，我們會吩咐司機，請跟著前面那輛，不過也沒用，因為載著她的計程車已經轉彎了，也沒有別輛計程車可以讓我們說，請跟著前面那輛。那麼，我們就可以合理地說，這就是人生，無奈地聳聳肩。無論如何，有一件事可以權充安慰，死神用袋子帶著的那封信，上頭寫的是另一個收件人、另一個地址，我們從鷹架上摔下的時候還沒到。與你可能合理的預期相反，死神並沒有給計程車司機大提琴家的地址，而是說了他表演的劇院的地址。沒錯，經歷兩次失敗之後，她決定謹慎行事，不過她一開始先化身成一個女人，的確如一個講究語法的人的猜測，絕非偶然之舉，如同前文的討論，由於死神和女人都是陰性名詞，死神的性別自然會是女性。儘管鐮刀完全缺乏外界世界的經驗，特別是在感情、欲望和誘惑方面，但在與死神談話時，它完全擊中了要害，問死神她想迷倒什麼類型的人。關鍵詞就是這個，迷倒。死神大可直接走去大提琴家的家按門鈴，當他打開門時，給他一個迷人的微笑，例如，先摘掉墨鏡，宣布自己是賣百科全書的，這是一個非常老套的伎倆，但幾乎總是有效的，他要麼邀請她進來，邊喝茶邊靜靜地討論，要麼馬上告訴她他不感興趣，作勢要關門，同時客氣地為他的拒絕道歉。就算是一本音樂百科全書，我也不想要，他會羞澀地笑著說。無論哪種情況，交出這封信都是件容易的事，我們可以說，簡直是易如反掌，而這正是死神所不喜歡的地方。那個男人不認識她，但她認識他，她和他在同一個房間裡待了一整晚，她聽了他的演奏，不管喜歡與否，這樣的事情會形成紐帶，建立某種默契，標誌著一段關係的開始，如果直截了當對他宣布，你要死了，你有一週時間賣掉大提琴，幫狗找新主人，那也太殘忍了，她現在變得如此漂亮，不適合這種殘忍的行為。不，她另有計畫。

戲院入口貼著海報，告知了高尚的公眾，本週國家交響樂團有兩場音樂會，一場在週四，也就是後天，另一場在週六。關注這個故事的人自然都會懷著一絲不苟的好奇心，仔細觀察矛盾、疏漏和邏輯錯誤，應該想知道死神要如何支付音樂會門票，因為距離她從一個地下房間出來只有兩個小時，我們相信，那裡沒有自動提款機，也沒有開門營業的銀行。既然都吹起了質疑的風，同樣的好奇心也會想知道，計程車是否不再向戴墨鏡、笑容可掬、身材姣好的女性收費。在這個不懷好意的暗示開始扎根之前，我們趕緊說，死神不只付了跳表器上的金額，還給了司機小費。至於錢是從哪裡來的，如果這件事還是讓讀者感到不安的話，就說是和墨鏡出自同一個地方就夠了，也就是說，是從側背包裡來的，因為，據我們所知，基本上我們無法阻止一個東西與另一個東西來自同一個地方。死神用來搭計程車的錢，用來買兩張音樂會票的錢，以及接下來幾天要住的旅館的錢，現在可能已經不流通了。這不是我們第一次帶著一種錢上床，醒來卻帶著另一種錢。因此，我們必須假定這些錢品質好，有現行法律的保障，除非我們知道死神的祕密天賦，計程車司機沒有意識到自己被騙了，從戴墨鏡女人手中接過一張根本不屬於這個世界的鈔票，起碼不屬於這個年代，上面的人頭是共和國總統，而非國王陛下那張可敬而熟悉的臉。戲院售票處一開門，死神就走進去，微笑說早安，要了兩張最好的包廂票，一張週四的，一張週六的。她告訴售票員，兩場音樂會要相同的座位，更重要的是，包廂要在右邊，離舞臺越近越好。死神隨意把手伸進包裡，掏出錢包，遞上她認為適當數目的錢。售票員找了零錢給她。這是找的錢，她說，希望你會喜歡音樂會，你是第一次來吧，至少我不記得以前見過你，我記人很厲害，事實上，見過的臉我都不會忘，雖然眼鏡確實會改變一個人，尤其是像你戴的這副墨鏡。死神摘下眼鏡，你現在覺得呢，她問；沒見過，我確定沒有見過你；也許因為站在這裡的人，也就是現在的我，哎呀，直到前幾天才開始必須買音樂會的票，我有幸參加了一次樂團的排練，根本沒有人注意到我；抱歉，我不明白；提醒我找一天跟你解釋；什麼時候；啊，就找一天，那一天總會來的；哎呀，你嚇到我了。死神露出了她漂亮的笑容，問道，坦白告訴我，我看起來是不是很嚇人；不不，我完全沒那個意思；那麼學學我，微笑著想一些美好的事情；音樂會季還有一個月；是個好消息，也許我們下週又能再見了；我都會在，我簡直成了劇院家具；別擔心，即使你不在，我也會找到你；好吧，那麼，我期待你的到來；哦，我一定會來的。死神停頓了一下，問道，順便問一下，你或你的家人是否收過紫羅蘭色的信；死神寄來的信；沒錯；沒有，謝天謝地，但我們鄰居明天就滿一週期限了，他情況非常糟糕；我們又能如何，這就是人生；你說得沒錯，女人嘆了口氣，這就是人生。幸好，這時又有人來買票了，否則誰知道這場談話會談到哪裡去了呢。

現在的問題是找一家離音樂家的公寓不遠的旅館。死神漫步走到市中心，進了一家旅行社，問能否研究一下城市的地圖，她很快在地圖上找到劇院的位置，她的食指從那裡穿過地圖，來到大提琴家所住的那一區。有點偏僻，但附近有旅館。助理推薦了一家，不豪華，但很舒適。他表示願意幫忙打電話過去預訂，當死神問他，對於他的付出，她該給他多少，他微笑著回答，就記在我的帳上吧。還有什麼比這更正常的呢，人們說話不假思索，用詞隨意，甚至沒有想到要考慮後果，就記在我的帳上吧，這個男人說，毫無疑問，他懷著無可救藥的男性虛榮心，想像日後不久會有什麼愉快的邂逅。他差點讓死神冷眼回答，當心，你不知道你在和誰說話，幸好她只是敷衍一笑，向他表示感謝，然後就離開了，沒有留下電話號碼或名片。空氣中瀰漫著一股混著玫瑰和菊花的芳香，沒錯，就是這個味道，一半玫瑰一半菊花，助理一邊慢慢摺起城市地圖，一邊喃喃地說。回到街上，死神攔了計程車，把旅館地址給了司機。她不滿意自己。她把售票處那位好心的女士嚇了一跳，拿她尋開心，這是不可原諒的行為。人已經夠怕死神了，無須她帶著微笑出現在他們面前說，嗨，是我，那個不祥的拉丁警句的最新版本，喜歡的話也可以說是通俗版本，那句話就是memento, homo, quia pulvis es et in pulverem reverteris（人呀，要記得，你本是塵土，也將歸於塵土），然後，似乎還嫌不夠，對於一個幫助自己的好心人，她差點用一個愚蠢的問題來刺穿他，通常是所謂的上層階級才會厚顏無恥向下層的人這麼說，你知道自己在跟誰說話嗎。不，死神不滿意自己的行為。她能肯定，如果還是一副骷髏，她絕不會有這樣的行徑，也許是因為我化成了人形，她想，這種習氣很容易沾染。她瞥了一眼窗外，認出正在行經的街道，這就是大提琴住的那條街，那邊的一樓公寓就是他住的地方。死神感覺到太陽神經叢好像猛然一縮，神經顫慄，就像獵人發現獵物時那樣打起哆嗦，也許是一種朦朧不明的恐懼，彷彿開始害怕起自己。計程車停下來，旅館到了，司機說。死神用劇院女人找她的零錢付了車資，不用找了，她說，根本沒有注意到應該找的錢甚至超過計程車跳表器上的金額。這情有可原，畢竟這是她第一次使用這種形式的公共交通服務。

當她走到前臺時，想起旅行社的人並沒有問她的名字，他只是對旅館說，我要給你送一個客人過去，對，一個，現在就過去，現在她來了，這個客人不可能說她的名字是小寫d死神，但也不知道該報上什麼名字，對了，袋子，她肩上的袋子，裡面有墨鏡和現金，肯定也有什麼身分證件吧；午安，我能為你效勞嗎，接待員問道；十五分鐘前，旅行社幫我打過電話來預約；沒錯，小姐，電話是我接的；我來了；請你填寫這份表格。死神現在知道她的名字，她在桌上敞開的身分證件上找到了它，她戴著墨鏡，所以可以不引人注意地抄下事實，姓名、出生地、國籍、婚姻狀況、職業，接待員沒有發現；好了，她說；你要在旅館住多久；住到下週一；我可以影印你的信用卡嗎；噢，我沒帶，但你要的話，我可以現在付錢，提前結清；不用，不用，沒有必要，接待員說。她拿著身分證，核對表格上的資料，帶著疑惑的表情抬頭看了一眼。證件照片是一個更年長的女人。死神摘下墨鏡，微微一笑。接待員困惑地又看了看證件，照片現在與面前的女人一模一樣，如同豆莢裡的兩顆豌豆。你有行李嗎，她問道，一隻手掠過冒汗的眉毛；沒有，我來城裡買東西的，死神回答道。

她鎮日待在房裡，午晚餐都在旅館裡吃。她看電視，看到了很晚。然後她上床，關了燈。她沒有睡覺。死神從不睡覺。

穿著昨天在市中心商店買的新衣，死神去了音樂會。她獨自坐在包廂，而且像排練時那樣，目不轉睛看著大提琴家。燈光即將熄滅之前，樂團等待指揮上場時，他注意到了她。他不是唯一注意到的音樂家。首先，因為她獨占一個包廂，這並不罕見，但也不是那麼經常發生的。第二，因為她很漂亮，可能不是觀眾席上最漂亮的女人，但她的美非常獨特，無法定義，難以言喻，猶如翻譯者始終無法領會其終極意義的一行詩，如果一行詩中存在著這樣的東西。最後，因為在包廂中她孤獨的身影被空洞和虛無從四面八方圍繞，她好像居住在一個空無一物的洞穴中，那身影彷彿表現了最絕對的孤獨。從冷颼颼的地下房間出來後，死神就經常笑，笑得那麼危險，現在卻不笑了。觀眾席上的男男女女觀察著她，男人帶著曖昧的好奇，女人懷著敏銳的不安，但她的一雙眼只盯著大提琴家，就像一隻要俯衝飛向羔羊的老鷹。不過，有一點不同。在這一隻總是抓得到獵物的老鷹的眼神中，蒙著稀薄的憐憫，我們都知道，獵殺是老鷹的天性，但是，此時此刻，這隻鷹面對著毫無防備的羔羊，也許更想展開有力的翅膀，振翅飛回天空，飛回冰冷的空中，飛回那無法觸及的雲層。樂團靜了下來。大提琴家開始演奏他的獨奏曲，好像生來就是為了獨奏一樣。他不知道，包廂裡的女人在她全新的手提包中放了一封寫給他的紫羅蘭色的信，他不知道，他怎麼會知道，然而，他的演奏彷彿他正在向世界道別，終於吐露了他始終沒有說出的一切，腰斬的夢想，挫敗的渴望，總之，人生。別的音樂家讚嘆地瞧著他，指揮家流露出驚訝和敬意，觀眾則發出了歎息，一陣陣顫抖穿過了他們，遮掩銳利鷹眼的憐憫面紗現在成了淚的面紗。獨奏結束，樂隊彷彿一座浩瀚緩慢的海洋，沖刷著大提琴的琴聲，輕輕淹沒了它，吸收並放大了那首曲，宛如要把它引向一個地方，在那裡，音樂轉化為寂靜，轉化為觸及皮膚的最微弱振動的陰影，就像一隻路過的蝴蝶暫時落在定音鼓上時發出的最後輕聲，細不可聞。鬼臉天蛾飛快振動絲滑的惡毒翅膀，掠過死神的記憶，但她用手一揮，把它拂去了，這個可能是讓信件從她地下房間的桌子消失的手勢，也可能是對大提琴家表示感謝的手勢，大提琴家正把頭轉向她的方向，目光在溫暖漆黑的劇院中尋找路徑。死神重複了手勢，纖細的手指彷彿在移動琴弓的手上棲息了片刻。然而，儘管大提琴家的一顆心竭力要使他漏掉一個音符，他並沒有漏掉。她的手指再也不會碰他了，死神意識到，當一個藝術家實踐他的技藝時，誰都不能分散他的注意力。

音樂會結束，觀眾爆發出熱烈的歡呼聲，燈光亮起，指揮讓樂團成員站起來，然後向大提琴家示意，要他一個人站出來，接受他當之無愧的掌聲，死神站了起來，終於笑了，她把雙手貼在胸前，不言不語，只是看著，讓別人去鼓掌，讓別人去喝彩，讓別人去把指揮叫回來十次，她看就好了。然後，慢慢地，彷彿不情不願，觀眾開始離席，另一方面，樂隊也在收拾東西。當大提琴家轉向包廂時，她，那個女人，已經不在了。啊，好吧，這就是人生，他喃喃道。

他錯了，人生不見得總是如此，包廂的女人在舞臺門口等著他。一些音樂家離開時，還目不轉睛盯著她，但不知怎的，他們感覺到一圈看不見的樹籬，一道高壓電網的柵欄包圍著她，他們靠過去就會像小飛蛾一樣燒焦電死。然後大提琴家出來了。他看見了她，嚇了一跳，幾乎後退了一步，彷彿從近處看，這個女人不是一個女人，而是來自另一個球體，另一個世界，來自月球的黑暗面。他低下頭，想跟著同事一塊離去，趕緊逃跑，但大提琴盒扛在肩上，逃脫不易。那個女人站在他面前，對他說，別跑，我只是來謝謝你，聽你的演奏，我又激動又愉快；承蒙不棄，不過我只是樂團裡的一員，不是知名的音樂會藝人，會有樂迷等待數小時，只為能摸摸他們或向他們索取簽名；如果是這個問題，你願意的話，我可以向你要你的簽名，我沒帶簽名本，但我這裡有一個信封，簽在上面也很好；不，你誤會我了，我的意思是，你的關注讓我受寵若驚，但我覺得我不配；觀眾應該不會同意你這話；嗯，看來我今天的演奏很順利；沒錯，我今晚來，你恰好就很順利；聽著，我不想讓你認為我忘恩負義或失禮，但可能到了明天，你已經從今晚的興奮中走出來了，你突然出現，你也會突然消失；你不了解我，我只要做了決定，一向會堅持到底；什麼決定；就一個決定，來見你；既然你見到了我，我們可以說再見了；你怕我嗎，死神問道；不怕，只是覺得你很煩人；為我的存在而煩惱是小事一樁嗎；煩惱不一定代表害怕，可能只是提醒自己謹慎一些；謹慎只會推遲不可避免的事情，遲早要投降；希望我不會是那種情形；我相信你就是那種情形。大提琴家換了個肩膀揹琴盒；你累了嗎，女人問；琴不重，重的是盒子，尤其這種老式的；聽我說，我有話跟你說；可不大方便，都快半夜十二點了，所有人都走了；那邊還有幾個人；他們在等指揮；我們找間酒吧聊聊；你能想像我揹個大提琴走進一間擁擠的酒吧嗎，大提琴家微笑著說，想像一下，要是我的同事也全都帶著樂器去了；我們可以再開一場音樂會；我們，音樂家問，這個複數人稱讓他困惑；對，我以前拉過小提琴，我還有拉琴的照片呢；看來你是下定決心每一句話都要我大吃一驚；得看你想不想知道我能讓你吃驚到什麼地步；啊，那似乎已經很清楚了；這你就錯了，我不是指你所想的那回事；我想的是哪一回事，能告訴我嗎；上床，和我上床；原諒我；不，是我的錯，我要是個男人，聽到剛才那些話，肯定會想到一樣的事，隱約其辭是有代價的；謝謝你這麼坦誠。女人走了幾步，然後說，走吧；去哪裡，大提琴家問；我回我住的旅館，而你呢，我想就回去你的公寓吧；我們還會再見面嗎；所以你已經不覺得我煩了；哦，沒那回事；別說謊；好吧，我剛才確實覺得你很煩，但現在不會了。死神臉龐露出一種沒有一絲喜悅的微笑，現在才是你最有理由感到煩惱的時候，她說；我願意冒這個險，所以我要再問一次我的問題；什麼問題；我會再見到你嗎；我週六會來聽音樂會，到時也坐同一個包廂；節目不一樣，你知道吧，我不會獨奏；我知道；你似乎什麼都想到了；是；那最後會怎樣；我們才剛剛開始。一輛計程車駛來。女人伸手攔下，轉身對大提琴家說，我送你回家；不，我送你回旅館，然後我再回家；按我說的做，否則我搭另一輛計程車；你總是為所欲為嗎；向來如此；肯定偶爾也有失敗的時候，上帝是上帝，但祂也經常失敗；我現在就可以向你證明我從不失敗；好，證明給我看；別傻了，死神突然說，聲音隱約流露出一種潛在的恐怖威脅。大提琴放到計程車的後車箱。兩名乘客在整趟旅途中沒有說過一句話。計程車停了下來，大提琴家下車前說，我實在不明白我們之間到底是怎麼回事，我想我們最好不要再見面了；沒人能阻止我們再見面；連你也不能嗎，你這個總是為所欲為的女人，大提琴家故作諷刺地問；連我也不能，女人回答；那就代表你也會失敗；不，那正代表了我不會失敗。司機下車打開行李箱，等著大提琴家取出他的琴盒。男人和女人沒有說再見，他們沒有說週六見，他們沒有接觸，這是一場誠摯的分別，心潮澎湃，刻毒傷人，彷彿他們發了血誓，再也不見面了。音樂家揹著大提琴，徑直走進了公寓大樓。他沒有轉身，甚至在門檻上停頓一下也沒有。那個女人正看著他，緊緊攥著她的手提包。計程車繼續往前開。

大提琴家走進他的公寓，氣惱地嘀咕道，她是瘋子，徹徹底底的瘋子，我生平第一次有人在舞臺門口等我，說我演奏得很好，結果是個神經病，而我，像個傻瓜，竟然問會不會再見到她，簡直自找麻煩，有些性格缺陷確實也許值得些許的尊重，至少還值得關注，但愚蠢真可笑，癡迷真可笑，我真可笑。他心不在焉拍拍跑到前門迎接他的狗，然後走進鋼琴室。他打開大提琴盒，小心翼翼地把樂器拿了出來，睡覺前必須重新調音，雖然只是了搭一小段計程車，也影響了大提琴的狀況。他走進廚房，餵了狗，為自己弄了個三明治，就著紅酒吃了起來。他現在沒那麼煩惱了，但逐漸取代煩惱的那種感覺同樣令人不安。他想起了女人說過的話，她暗示隱約其辭總會付出代價，他發現她所說的每一個字，雖然從上下文來說都很有道理，但卻包含著另一種涵義，一種他不能完全理解的涵義，一種誘人的涵義，就像想喝水時水就退開，就像去摘果子時樹枝就突然移動。我不會說她是瘋子，他想，但她確實很奇怪，這一點毋庸置疑。吃完三明治，他回到音樂室或鋼琴室，這是我們到現在為止給它起的兩個名字，稱它為大提琴室要合理得多，畢竟那是音樂家賴以謀生的樂器，但我們不得不承認，這個名稱聽起來不好，稍有失體面，稍有失尊嚴，只要從大到小排下來，就能明白我們的理由，音樂室、鋼琴室、大提琴室，到目前為止還可以接受，但想像一下，如果我們開始說單簧管室、笛子室、低音鼓室、三角琴室。詞語之間也存在著等級制度，有自己的禮儀，有自己的貴族封號，有自己的平民刺字。狗加入了主人的行列，在他身邊躺下之前，先轉了三圈，這是牠對自己是狼的時代唯一的記憶。音樂家正在根據音叉的 a 音為大提琴調音，計程車喀噠喀噠地碾過鵝卵石，對大提琴造成了殘酷的傷害，他溫柔地幫大提琴恢復和諧的聲音。有那麼一會兒，他忘了劇院裡的那個女人，確切地說，不是忘記她，而是忘掉他們在舞臺門口那番叫人不安的談話，但在計程車上最後那段緊張的交談仍在背景中回蕩，如同低沉的鼓聲。他忘不了那個女人，也不想忘。他看見她站起來，雙手撫在胸前，他能感覺到她那鑽石般堅定的凝視，她一笑，那眼眸就閃閃發光。週六還能見到她，他想，沒錯，他到時還會見到她，但她不會再站起來，也不會再把手放在胸前，也不會再遠遠地看著他，那奇妙一刻已經被隨後的時刻抹去了，他最後一次轉身去看她，以為能夠看她最後一眼，結果她人已經不在了。

音叉回歸寂靜，大提琴調好了音，這時電話響了。音樂家嚇了一跳，他看了看錶，已經一點半了。誰會在這個時候打電話來呢，他想。他拿起聽筒等了幾秒鐘。這當然很可笑，應該是他要說話，報上他的大名或號碼，然後有人可能在電話線另一端說，哦，抱歉，我打錯了，結果反而有個聲音問道，來接電話的是狗嗎，如果是，能不能至少叫一聲呢。大提琴家回答說，對，我是狗，但我早就不叫了，我也不再有咬人的習慣，只有生活捉弄我時才會咬到自己；別生氣，我是打來道歉的，我們的談話轉到了危險的方向，結果你也看到了，淒淒慘慘；有人把談話引向危險的方向，但不是我；全是我的錯，我平日很穩重，也很冷靜；你在我眼中並不是這樣的人；也許我有人格分裂；那我們就平等了，我自己既是狗又是人；諷刺不適合你，但你的音樂家聽覺無疑已經告訴你了；不和諧音在音樂中也有作用，夫人；別喊我夫人；不然我還能怎麼稱呼你，我不知道你的名字，你做什麼，你是誰；你終究會知道的，記住，欲速則不達，況且我們才剛認識；不過你贏了我一步，你有我的電話號碼；查號臺的功用，是接線員幫我查出來的；可惜我用的是舊式電話；怎麼說；如果是新式電話，我就能知道你是從哪裡打來的；我從旅館房間打的；這我知道；我早料到你的電話很老舊，所以完全不覺得驚訝；為什麼；因為你身上的一切都顯得過時，你好像不是五十歲，而是五百歲；你怎麼知道我五十歲；因為我擅長猜別人的年齡，絕對不會猜錯，我從不失敗；你說自己從不失敗，我覺得你吹噓過頭了；你說得對，比如今天，我就失敗了兩次，我可以向你保證，這種事情從來沒有發生過；對不起，我聽不懂；我有一封信要給你，但我沒有給你，在劇院外面或在計程車上，我都有機會給你；什麼信；這麼說吧，我參加你的音樂會排練後寫的信；排練時你在；對，我在；但我沒看到你；你當然沒看到我，你看不到；反正那也不是我個人的音樂會；你總是很謙虛；說是這麼說吧，不代表說出事實；有時就是事實；但這次不是；恭喜，你不只謙虛，還很敏銳；你說的是什麼信；你到時就知道了；那麼你有機會時，為什麼不給我；我有過兩個機會；沒錯，為什麼不給我；我也想知道，也許我會在週六音樂會之後給你，因為週一我就走了；你不是住在這裡；根據你對住的定義，我確實不住在這裡；你把我弄糊塗了，和你說話好像發現自己在一個無門的迷宮裡；這倒是替生命下了一個很好的定義；但你不是生命；不，我比那要複雜得多；有人曾經寫過這樣的話，在這一刻，我們都是生命；沒錯，這一刻，但也只有這一刻；希望後天謎團就會解開了，那封信，你不給我信的理由，每一件事，我受夠了這些謎言謎語；你說的謎言謎語往往是一種保護；管他是不是保護，我就想看看那封信；如果我第三次沒失敗，你就會看到了；為什麼你會失敗第三次呢；如果失敗了，原因只能跟前兩次是相同的；行行好，別跟我玩貓捉老鼠的遊戲了；在遊戲中，貓最後一定抓住老鼠；除非老鼠想辦法在貓脖子上掛個鈴鐺；好回答，不過那只是一個愚蠢的夢想，卡通式的幻想，即使貓睡著了，聲響也會把牠吵醒，接著就，老鼠，再見了；我是你說再見的那隻老鼠嗎；如果我們玩這個遊戲，其中一個就得是老鼠，而在我看來你既沒有貓的長相，也沒有貓的狡猾；所以我這輩子活該要做一隻老鼠；沒錯，只要你活著，你就是老鼠大提琴家；又一個卡通人物；你不覺得所有的人類都只是卡通人物嗎；我想你也是；我的樣子你又不是沒見過；一個非常漂亮的女人；謝謝你；聽到我們談話的人都會以為我們在調情；如果旅館總機接線員偷聽客人談話來解悶，也會有同樣的結論；即便我們確實在調情，也不會有什麼嚴重後果，包廂的那個女人，我都還不知道她的芳名，週一就要離開了；再也不會回來；你確定嗎；讓我到這裡來的原因很難再有；很難不代表不可能；沒錯，不過我會盡力不重複這段旅程；儘管發生了這一切，還是值得的；究竟是發生了什麼；請原諒我用辭不當，我想說的是；別費心對我好了，我不習慣，而且我猜得到你要說什麼，但如果你覺得你欠我一個更完整的解釋，也許我們可以在週六繼續這段對話；所以在那之前我是見不到你了；見不到了。電話掛了。大提琴家看著仍握在手裡的聽筒，焦急得手都出汗了，我一定是在做夢，他喃喃地說，這種事不會發生在我身上。他放下聽筒，對著鋼琴、大提琴和譜架問道，這次是大聲問道，這個女人想要我做什麼，她是誰，她為什麼會出現在我的生活中。狗被聲響給吵醒，抬頭看著他。牠眼睛裡有答案，但大提琴家沒有注意到，他在房間踱來踱去，比以前更加不安，答案如下，既然你提到了，我確實隱約記得曾在一個女人的腿上睡過，而且可能是她；什麼腿上，什麼女人，大提琴家會問；你當時在睡覺；睡在哪裡；你的床上；那她在哪裡；在那邊；你真會說笑話，狗先生，多久沒有女人走進這間公寓，走進那間臥房，來，繼續說；你應該知道，狗對時間的感知與人不一樣，不過我確實覺得，從你最後一次在床上接待某位女士之後，已經過了一個時代，我這話沒有挖苦的意思；所以你是夢到的；可能吧，我們狗就愛做夢，無可救藥，連睜著眼睛時都在做夢，我們只要看到暗處有什麼，就會立即想像那是一個女人的腿，然後跳上去；大提琴家會說，這只是狗的想像；就算真的是我們的想像，狗會回答，我們也沒有怨言。與此同時，死神在她的旅館房間裡，一絲不掛地站在鏡子前。她不知道自己是誰。

第二天，女人沒有打電話。大提琴家怕她打來，留在家裡沒出門。晚上過去了，沒有半點消息。大提琴家輾轉反側，比前一日晚上還難熬。週六上午出門去排練前，他想到一個瘋狂的想法，不妨跟這一帶所有的旅館打聽看看，他們有沒有一個女客人，有著她的身材，她的笑容，她的手勢，但他立即放棄這個瘋狂的計畫，因為他們無疑會帶著掩飾不了的懷疑神情打發他，加上一句生硬的回應，我們無權透露這些資訊。排練相當順利，他照著譜拉，盡量不要犯太多的錯。結束後，他匆匆趕回家。他心想，萬一她在他不在的時候打電話來，她想留言卻連個破爛的答錄機也沒有。我不是五百歲，我根本是石器時代的穴居人，人人都用電話答錄機，就除了我，他喃喃地說。如果要證明她沒打過電話，接下來的幾個小時給他提供了證據。按理說，如果打了電話沒人接，應該還會再打來，但那該死的機器一個下午沒發出半點聲音，也無視於大提琴家越來越絕望的表情。好吧，看來她不會聯絡了，也許因為某個理由沒機會打，但她總會去音樂會，到時他們一起搭計程車回來，就像上次音樂會結束後，到了這邊，他就立刻邀她到家裡，他們就可以心平氣和地聊聊天，她終於遞上他殷殷期盼的信，然後兩人讀到信中的溢美之詞笑了，排練時他沒有看見她，但她被藝術的熱情沖昏頭，排練後寫了這封信，他會說自己絕對不是什麼羅斯托波維奇[7]，而她會說未來是不是誰知道呢，聊到無話可聊時，或者嘴上說著一件事，心卻開始想著另一件事時，就看看能否發生什麼值得晚年時回味的事了。在這種心境下，大提琴家離開家，在這種心境下，他進了劇院，在這種心境下，他步上舞臺，坐到老位置上。包廂沒有人。她遲到了，他對自己說，應該快到了，現在還有人陸續進場。的確，晚到的人陸續入座，為打擾已經坐定的人道歉，但那個女人沒有出現。也許等到幕間休息時就來了。她，還是沒來。包廂直到節目結束都是空著的。儘管如此，還是有一個合乎情理的希望，她沒能來看音樂會，她會解釋理由，為了解釋，她會在舞臺門口等他。她不在那裡。既然希望總是注定孕育更多的希望，所以儘管失望如此之多，但希望還沒有在這個世界上消亡，她可能在他的公寓外面等著他，嘴角含著微笑，手中拿著那封信，你如約來了。她也沒來。大提琴家回到公寓，動作像一臺老式的第一代機器人，必須要求一條腿移動，才能移動另一條腿。他推開上前迎接他的狗，把大提琴放在第一個方便的地方，接著就倒到床上。你能長進點嗎，你這個白癡，你表現得像個十足的白癡，你用你要的含意理解那些話，但那些話其實根本不是那個意思，真正的意思你不知道，也永遠不會知道，你相信的笑容不過是刻意的肌肉收縮，你忘記自己其實已經五百歲了，儘管歲月很好心地一直提醒你這一點，現在，看看你，躺在盼著能夠迎接她的床上，結果希望盡數落空，她現在在嘲笑你這副愚蠢樣子，嘲笑你不可救藥的傻瓜行為。狗忘了剛才遭到主人拒絕，跑來床邊安慰他。牠把前爪搭在床墊上，將身體撐到主人左手的高度，那隻手攤在那裡像沒用的東西，牠輕輕把頭靠上去。牠可以舔舔那隻手，像一般的狗那樣，但這次大自然展露出了仁慈的一面，讓牠保有一種非常特殊的敏感，竟然可以想出不同的姿勢，表達永遠不變永遠獨特的情感。大提琴家轉身面向狗，調整了姿勢，最後頭離狗的頭只有幾英寸，他們就這樣待著，看著對方說話，不需語言便能傾訴，我想了想，我不知道你是誰，但沒關係，重

---

7 羅斯托波維奇（Mstislav Leopoldovich Rostropovich, 1927-2007），俄國大提琴家，在國際上享有盛名。

要的是我們關心彼此。大提琴家的苦澀逐漸消退，事實上，世上隨處都有這樣的情節，他等候，她沒來，她等候，他沒來，別告訴別人，對於我們這些滿腹狐疑的懷疑論者，我們寧可承受那樣的經歷，也不想斷一條腿。話說起來很容易，但最好別說，因為言語往往會產生與預期截然不同的效果，以至於男男女女經常互相咒罵，我恨她，我恨他，說完就放聲痛哭。大提琴家在床上坐起來，雙手抱住狗，狗把爪子放在主人的膝蓋上，以示最後的團結，大提琴家像是在責備自己說，請有點尊嚴，不要嗚嗚哀叫。然後他對狗說，你一定餓了。狗搖著尾巴回答，我好餓，已經幾個小時沒吃東西了，一人一狗進了廚房。大提琴家沒有吃東西，他不想吃。況且他的喉嚨哽著，咽不下東西。半小時後，他吃了一片助眠的藥片，躺回床上，但沒有什麼幫助。他醒醒睡睡，睡睡醒醒，總是反覆想著一個念頭，他應該追上去捉拿睡魔，防止失眠鬼霸占床的另一邊。他沒有夢到那個女人，但有那麼一刻，他醒來見到她站在音樂室中間，雙手撫在胸前。

翌日是週日，週日是他帶狗去散步的日子。這動物似乎在說，用愛回報愛，嘴裡叼著鍊子，急著要出門。他們進了公園，大提琴家朝平日坐的長凳走去，看到那兒已經坐著一個女人。公園裡的長椅是閒置的，是公用的，通常是免費的，不能對比我們早到的人說，這張長凳是我的，請另找一張。大提琴家這麼有教養的人不會這麼做，當然，如果他認為他認得那個人，是劇院裡的那個女人，放他鴿子的女人，他在音樂房中間看到兩隻手撫在胸前的女人，那就更是不會這樣做。我們知道，到了五十歲，不能永遠相信自己的眼睛，我們開始眨眼，把眼睛瞇緊了，好像試圖模仿狂野的西部英雄或遠古的航海家，在馬背或在船頭，一手遮住眼睛，眺望遙遠的地平線。這個女人穿著不同，穿著長褲皮夾克，一定是另一個人，大提琴家在心裡說，但他的心視力更好，告訴他，睜開眼睛，是她，現在你要規矩點。女人抬起頭來，大提琴家這時才確定是她，早安，他在長凳旁停下來說，萬萬沒想到今天會在這裡見到你；早安，我是來和你道別的，並為昨天沒有去聽音樂會向你道歉。大提琴家坐下來，拿掉狗鍊說，去吧，然後連看都不看那位女士一眼，回答道，沒什麼好道歉的，這種事情經常發生，人們買了票，然後因為這樣或那樣的原因去不了，這很正常；關於我們的告別，你有什麼看法，女人問；你認為你應該來和一個陌生人告別，真是太客氣了，雖然我真的無法想像你怎麼知道我每週日都來這個公園；關於你，我不知道的事很少；哦，拜託，我們不要再提起週四在舞臺門口和之後在電話裡的荒謬談話了，你對我一無所知，我們之前甚至從未謀面；別忘了，排練時我在場；我實在不知道你是怎麼辦到的，因為大師非常嚴格，不許陌生人在場，請不要現在告訴我，你也了解他；我對他的了解沒有對你的了解多，但你是個例外；如果我不是，那就更好了；為什麼；你想讓我告訴你嗎，你真的想讓我告訴你嗎，大提琴家以近乎絕望的語氣問道；我想知道；因為我愛上一個我一無所知的女人，她拿我當樂子，她明天就要離開，不知道要去哪裡，我也不會再見到她；其實我是今天要離開，不是明天；你說是明天；我也沒有拿你當樂子；如果你沒有，那麼你裝得很逼真；至於你愛上我，你很難指望我有所回應，有些話我的嘴是禁止說的；又是一個謎；不會是最後一個；一旦我們說了再見，所有的謎團都會解開；可能有其他的謎來取代；請走吧，不要再折磨我了；那封信；聽著，我不想知道那封信的任何事；其實，即使我想給你，我也給不了你，我把它留在旅館裡，女人笑著說；那就撕了吧；沒錯，我得想想該怎麼處理它；不必多想，撕了，然後就了結了一件事。女人站起來。你這就要走了嗎，大提琴家問。他沒移動，他低著頭坐著，還有話要說。我甚至沒有碰過你，他喃喃地說；沒錯，是我阻止你碰我；你怎麼做到的；不難；現在也不例外；現在也不例外；我們至少可以握握手；我的手很冰。大提琴家抬起頭來。女人已經不在了。

一人一狗提早離開了公園，三明治買回家吃，沒有在陽光下打盹。下午和傍晚又漫長又悲傷，音樂家拿起一本書，讀了半頁，然後扔到地上。他坐到鋼琴前彈了一會兒，但兩隻手不聽他的指揮，笨拙冰冷，像死了似的。他在椅子上打瞌睡，希望陷入無盡的睡眠，再也不醒來。那條狗趴在地上看著他，等著一個沒有發送的信號。主人意氣消沉，也許是因為他們在公園裡遇到的那個女人，牠想，所以諺語說的眼不見心不煩是不對的。諺語都是騙人的，狗下了結論。門鈴響時是十一點鐘。大提琴家想，不知道哪個鄰居出了什麼狀況，他站起來把門打開。晚安，站在門檻上的女人說。晚安，音樂家回答說，他竭力控制著使喉嚨緊縮的痙攣；不請我進去嗎；怎麼會，請進請進。他閃到一旁讓她通過，然後關上了門，動作非常緩慢小心，以免他的心臟爆裂了。他顫抖著雙腿請她坐下。我還以為你已經走了呢，他說；你看到了，我決定留下來，女人說；但你明天就要走了；我是這麼承諾的；我想，你來是為了送信，你決定不撕掉信了；沒錯，信在我的袋了；那麼，你要把信給我；我們還有時間，我記得告訴過你，欲速則不達；隨你吧，我聽從你的安排；你是認真的嗎；這是我最大的缺點，我說什麼都是認真的，即使我讓人笑，不，特別是我讓人笑的時候；那麼，能請你幫個忙嗎；什麼事；彌補我昨天錯過的音樂會；怎麼彌補；鋼琴在那邊；算了吧，我鋼琴彈得不怎麼樣；那麼大提琴；那就是另一回事了，如果你想的話，我可以給你拉幾首曲子；我可以選曲子嗎，女人問；可以，但必須是我能拉的，在我的能力範圍內。女人選了巴赫第六組曲的樂譜說，就這首吧；這首很長，要半個多小時，已經入夜了；我說過，我們有的是時間；序曲中有一段我始終拉得不好；沒關係，拉到那裡你可以直接跳過，女人說，但沒有必要，你會發現自己拉得比羅斯托波維奇還好。大提琴家笑著說，那還用說。他把樂譜置於架上，深吸一口氣，左手放在大提琴琴頸上，右手提起琴弓，平穩地靠在琴弦上，然後開始演奏了。他心中有數，他並沒有羅斯托波維奇的才情，只有配合樂團演出的需要，他才有獨奏的機會，但此刻，夜深了，坐在這個女人的對面，狗躺在腳邊，在書籍、樂譜、樂曲的包圍下，他就是約翰・塞巴斯蒂安・巴赫本人，在克滕創作日後命名為一〇一二號作品的曲子，他的作品幾乎與上帝創造的天地萬物一樣多。他順利拉了困難的段落，根本沒有察覺自己展現了過人的琴藝，幸福的雙手讓大提琴低語、暢談、高歌、咆哮，羅斯托波維奇缺少的是這間屋子，這個時刻，這個女人。演奏完畢後，她的手不再冰冷，他的手卻在燃燒，因此他們朝彼此伸出手時，絲毫不覺得驚訝。早已過了半夜一點鐘，大提琴家才問，要我幫你叫輛計程車送你回旅館嗎，女人回答說，不用，我留下來陪你，然後獻上了她的雙唇。他們走入臥室，脫下衣裳，先前寫過的情節終於發生了，發生了一回又一回。他睡著了，她則沒有。這時，她，死神，離開了床鋪，打開留在音樂室的袋子，取出那封紫羅蘭色的信。她四處張望，看看哪裡可以把信擱著，鋼琴上，大提琴琴弦之間，還是放在臥室，塞在男人的枕頭下呢。她哪裡也沒擺。她走進廚房，點燃一根火柴，一根不起眼的火柴，她只要看一眼，便能叫那張紙消失，把它變成一粒難以察覺的灰塵，她只要手指輕輕一碰，就能讓那張紙著火，然而最後卻是一根簡單的火柴，一根普通的火柴，一根日常的火柴，點燃了死神的信，那封只有死神才能摧毀的信。沒有灰燼留下。死神回到床上，用兩隻手臂摟住男人，不明白自己是怎麼了，從不睡的她輕輕輕闔上眼皮。第二天，沒有人死。

導讀

長生不死的災難與救贖——讀薩拉馬戈的《死神放長假》

文—張淑英*

《死神放長假》（*As Intermitências da Morte*，二〇〇五）應該是薩拉馬戈（José Saramago，一九二二—二〇一〇）辭世前最後一部「寓言小說」。雖然二〇〇九年他還出版聖經人物《該隱》（*Caim*），該部作品和其他小說的相似處是人鬼之間的游離與生死空間的交錯（或是更接近《詩人里卡多逝世那一年》，活著的與死後的詩人自我對話）。但是，這部「寓言式」的「預言」，就像《石筏》（*A Jangada de Pedra*）（伊比利半島突然斷裂漂浮到拉丁美洲）；就像《盲目》（眾人突然無緣無故地眼盲又復明）；就像《投票記》（百分之八十三的選舉人不約而同地投空白票）；《死神放長假》創造了一個讓人驚喜又心駭的寓言，將人類無法臆測的最大的恐懼乍看是轉化成至高的喜樂，結果卻衍生更大的隱憂和災難，那就是：人永遠不會死，如果人長生、衰老、殘疾，但是不會死……，這個世界將是何模樣？

東西方的人生哲學、生命教育或宗教信仰向來著重在教導人類如何面對死亡，如何跟生命道別，甚至如何凝視死亡，無論是《西藏生死書》或是《最後十四堂星期二的課》等等智慧書，或是華人文化裡「悅生惡死」的觀念，以至於儒家的「未知生焉知死」，或是道家超越生死視野講求「生死齊一」的態度；又或者西方宗教的「信我者得永生」，不畏死而靈魂不朽的堅執，諸多繁複的義理或洞悉徹悟的人生經歷，都涉及「死亡學」（Thanatology）的一部分，人類「知道」死亡為必經之路而少觸及「不死」與「長生」的議題，即使醫學與科技的進步，均是為了延長壽命、增加存活率、緩和死亡，甚至死而復生（遺體凍存等待起死回生手術），而非想到「長生不死」。

然而薩拉馬戈一向逆向思考的筆鋒，寫出這部原名叫《暫時停止死亡》的《死神放長假》，這「暫時、間歇性」（intermitências）的含義醍醐灌頂，啟發人類再思考生死、暫時與永恆的意義。細細探究，這樣的主題並非首見，單以西葡語文學領域審視，一九八三年墨西哥作家鄔維塔（Teófilo Huerta）發表的一篇短篇小說〈最新消息〉（*Últimas noticias*），或是一九九五年智利女作家豐賽嘉（María Cristina da Fonseca）的《烏莫卡洛在幸福的時光中想死》（*De los días felices en que Humocaro quería morir*），其中的文字敘述和橋段與《死神放長假》的情節不謀而合，而薩拉馬戈，在他一系列小說創作的脈絡下，《死神放長假》所探討的議題與思維則更為宏觀深遠。

《死神放長假》和《詩人里卡多逝世那一年》一樣，小說的起始和結束都使用相同的句子：「第二天，沒有人死」，但是這啟程和終結的故事因果已經截然不同。一個不知名的國度，在度過歲末最後一天後，一年復始萬象更新之際，竟然得天獨厚，人人不死，上至奄奄一息彌留狀態的太后，下至命該絕而未絕的凡夫俗子。不死的人生多麼振奮人心，不死的人間將是一個累積永恆的世界，這塵世的奇異恩典，遠遠勝過古代的「羿請不死之藥於西王母，姮娥盜食奔月而成月精」的民間傳說，畢竟嫦娥奔月還是離開了地球，獨善其身成精而長生不老並非人類所謂的群體永續。

然而，人人不會死的長生永活所帶來的憂患和不幸並不亞於一場瘟疫帶來的浩劫和死亡，尤其對權力階級而言更是災難：教會受到挑戰，生命不死便不需要天堂世界的永生或復活教義，所有關於死亡的信仰也戛然而止；醫院安養、長照機構耗費的醫療資源和人力遠遠超過處理死亡的需求；政客綁票的「老人年金」或壽險業更是無止境地失血而破產；殯葬業僅能退而求其次淪為寵物遺體的代辦；長生不死的人們，再也無法感受生命的喜悅，尤其帶著蒼老衰頹的身軀和層見疊出的疾病，連孝親敬老的人倫情感都受到考驗，猶如真實世界裡跨越三個世紀的南非人瑞馬茲布科（Johanna Mazibuko，一八九四—二〇二三）在二〇二二年慶生時省思所說的話：「我為什麼還活著？我什麼時候死？活著的意義在哪？這個世界讓我厭倦」。這些超越現實介面的寓言是薩拉馬戈針對當下社會的預言與詰問。

「如果不重新開始死人，我們沒有未來」（總理和內政部長的憂心）。究其原由，這長生不死（暫時停止死亡）的特異現象僅發生在這個不知名的國度，原來「死神放長假」移地執行任務，若移動這群應當歸去的人跨越邊界，他們立刻在異地壽終（彷彿多重宇宙各有靈異與奇蹟）。於是乎，我們在小說看到了類似《楢山節考》的情節，但《死神放長假》不僅棄老，也棄小，於是，這變成一樁有利可圖的新型態殯葬業，有別於壽終正寢或生老病死的人生常態，《死神放長假》極盡諷刺地描繪人們與相關人員（黑守黨，殯葬業，醫生，律師，亡者家屬）如何將一干臨終的病人「送死」的迫切，以鄰為壑，儼然集體謀殺盈利的共犯結構。

小說有著類似《投票記》的布局，前半部分是政府機關的調查與放任黑守黨執行死亡任務；第二部分濡染著荒謬劇的情節和奇幻氛圍，女死神回到原來的國度，聲稱她的「不死任務實驗」失敗，人們將恢復死亡，但是為了抒緩從不死到必死的恐懼，死神將寫信給那些瀕死之人，給予一星期心理準備。這「預知死亡紀事」再次顛覆了天命和權威，解構了未知的生死之謎，「生也有涯」成為定時炸彈的恐慌。

故事逐漸「急轉彎」濃縮聚焦在死神和一位大提琴家的互動，死神給大提琴家的信件三番兩次被退回，以至於錯過了大提琴家應該死亡的日子。如此陰陽錯的爬梳頗類似西班牙劇作家卡索納（Alejandro Casona）的《黎明夫人》（*La dama del alba*）：女死神深夜造訪一戶人家，任務是帶走一位生命該結的年輕人，然死神卻因與純真誠懇的孩童唱唱跳跳打成一片後而睡著了，錯過了索命的時刻。死神表明他日將再回來，最後帶走了另一位年輕女子。反觀，《死神放長假》裡，死神和大提琴家從陌生到好奇，從好奇到見面，從見面到錯失音樂會，從音樂會到指定要聆聽巴赫的第六組曲（也就是爾後被譽為演奏家技巧與修養的試金石——《無伴奏大提琴組曲》，編號BWV一〇〇七—一〇一二），音樂家和死神的交會除了音樂，人鬼之間其實「無聲勝有聲」，音樂燃燒了彼此原本冰冷的手，改變了命運指定的路途：「她點燃一根火柴，一根不起眼的火柴，她只要看一眼，便能叫那張紙消失，把它變成一粒難以察覺的灰塵，她只要手指輕輕一碰，就能讓那張紙著火，然而最後卻是一根簡單的火柴，一根普通的火柴，一根日常的火柴，點燃了死神的信，那封只有死神才能摧毀的信。」有別於《黎明夫人》的死神完成任務帶走一個生命，《死神放長假》在最後時刻「急轉彎」，放棄她的任務，也放棄她的身分，儼然穿越神鬼的國度，變成了懂愛的人，這也是我們前面提過的「第二天，沒有人死」的故事因果已大相徑庭。

薩拉馬戈在《死神放長假》依然執著於他一再質問且想破除的宗教威權與迷思，從神奇的《修道院紀事》（一九八二）到最激烈的《耶穌基督的福音》（一九九一），《死神放長假》相對收斂了針砭教會的力道。值得一提的是死神的「紫羅蘭信箋」，這也是宗教意涵濃厚的象徵，行文走筆間，薩拉馬戈以柔性筆觸點描，敘述這個傳遞死亡與串流情感的媒介。生命的週期色彩中，紫羅蘭與綠色為對峙位置，代表從生到死的過程。紫羅蘭（紫色）也是紀念耶穌受難日（週五）披在身上的罩袍顏色，代表死亡服喪，因此，紫羅蘭也是犧牲後轉化心靈的象徵。再者，詩學中可能的意象裡，紫紅和紫羅蘭都被視為代表維納斯的顏色。因此，《死神放長假》的死神無非就是在死亡與愛情之間游移／猶疑而轉折。

我認為《死神放長假》也拋出另一個思考的問題，小說探討的終究只是「暫時停止死亡」，這「暫時」是愉悅的，也是憂鬱的，是表象，卻是深思反省的時刻：所要思考的是「活著」（live）和「存在」（exist）的問題。薩拉馬戈的兄長早逝，然而他發現兄長的名字在戶政事務所卻沒有註記死亡，以至於這個已經不在人間「活著」的人一直「存在」，這個親身經歷啟發他寫了《所有的名字》，也可能是延續到《死神放長假》的靈感：「長生不死與永垂不朽」是否為同義詞？「活著」與「存在」兩者均有相對的正負面、具象與抽象的意涵，生死的意義就是活著與存在的槓桿辯證。

縱觀薩拉馬戈的小說，他總在作品裡謳歌藝術與各種文化，讓它們跟著文學的文字昇華，傳送美與愛。例如，《盲目》中特別以繪畫詮釋盲的寓意，《投票記》則向偵探小說大師致意，《詩人里卡多逝世那一年》自然向葡國詩人佩索亞（Fernando Pessoa）和賈梅斯（Luís Vaz de Camões）等詩人獻上最敬禮，在《死神放長假》則向音樂大師致敬，特別是約翰・塞巴斯蒂安・巴赫，他用音樂征服了死亡，該逝去的人得到救贖，讓愛重生。

＊本文作者為臺大外文系教授暨西班牙皇家學院外籍院士。

大師名作坊197

死神放長假

作　者—喬賽・薩拉馬戈
譯　者—呂玉嬋
編　輯—張瑋庭
美術設計—廖韡
內頁排版—宸遠彩藝
總 編 輯—嘉世強
董 事 長—趙政岷
出 版 者—時報文化出版企業股份有限公司
108019台北市和平西路三段二四〇號三樓
發行專線—（〇二）二三〇六—六八四二
讀者服務專線—〇八〇〇—二三一—七〇五
（〇二）二三〇四—七一〇三
讀者服務傳真—（〇二）二三〇四—六八五八
郵撥—一九三四四七二四時報文化出版公司
信箱—（一〇八九九）臺北華江橋郵局第九九信箱
時報悅讀網—http://www.readingtimes.com.tw
電子郵件信箱—liter@readingtimes.com.tw
法律顧問—理律法律事務所　陳長文律師、李念祖律師
印刷—勁達印刷有限公司
初版一刷—二〇二三年三月三十一日
初版三刷—二〇二四年四月九日
定價—新台幣三五〇元

時報文化出版公司成立於一九七五年，
並於一九九九年股票上櫃公開發行，於二〇〇八年脫離中時集團非屬旺中，
以「尊重智慧與創意的文化事業」為信念。

死神放長假／喬賽・薩拉馬戈（José Saramago）著；呂玉嬋譯 .
– 一版 . – 臺北市：時報文化, 2023.3
面；　公分 . --（大師名作坊；197）
譯自：As Intermitências Da Morte
ISBN 978-626-353-662-3（平裝）

879.57　　112003819

ISBN 978-626-353-662-3